VERSCHLEPPT VON DEN BERSERKERN

LEE SAVINO

Übersetzt von
MICHAEL KRUG

VERSCHLEPPT VON DEN BERSERKERN

Ich bin schon mein Leben lang in einem Waisenhaus und frage mich täglich, welche neue Folter mir bevorsteht.

Eines Nachts kommen die Berserker. Schreie ertönen, als sie angreifen. Ich renne weg, aber entkommen kann ich nicht. Diese Krieger sind nicht auf Gold oder Blut aus.

Sie wollen mich.

Ein Fluch hat sie in Monster verwandelt. Um den Hexenzauber zu brechen, müssen sie eine Frau finden, die sich mit ihnen paaren kann.

Sie bringen mich an einen sicheren Ort. Sie kümmern sich um alle meine Bedürfnisse. Aber ich weiß, dass sie mich trotz ihrer Freundlichkeit niemals gehen lassen werden.

Diese Ungeheuer wollen mich für sich haben.

Anmerkung der Autorin

Verschleppt von den Berserkern ist ein eigenständiger Romantikroman in voller Länge, bei dem es um eine Dreiecksbeziehung zweier riesiger, dominanter Krieger geht, für die sich alles um die Frau dreht. Wenn ihr neugierig darauf seid, worüber so viele Fans schwärmen, dann lest am besten die ganze Berserker-Saga ...

KOSTENLOSES BUCH

Hol dir ein kostenloses Exemplar von Gezeugt von den Berserkern und Eine Berserker-Geburt, indem du dich für meinen Newsletter anmeldest.

*Der dritte Teil von Daegans, Brennas und Samuels Geschichte. Lies den ersten Teil in **Verkauft an die Berserker** und den zweiten in **Gepaart mit den Berserkern**. Diese Novelle ist kostenlos, ein Geschenk.*

https://BookHip.com/PKRMGC

1

SALBEI

Ich schlich den Klosterweg entlang. Die zum Gesang erhobenen Frauenstimmen tarnten meine Schritte – die Nonnen übten für die Vesper. Hinter mir sank die rote Sonne hinter die Steinmauer.

Als ich die Treppe zum überdachten Gang hinaufstieg, nahm ich aus dem Augenwinkel das Aufblitzen einer Bewegung wahr. Normalerweise würde ich nicht wagen, über die Klostermauern hinauszuschauen. Das Kloster war mein Zuhause, seit es mich als verwaisten Säugling aufgenommen hatte. Alles, was ich kannte, befand sich hier. An diesem Nachmittag jedoch bewog mich etwas, weiter zu blicken. Auf die Zehenspitzen aufgerichtet lehnte ich mich an eine Säule und reckte den Hals, um über die Mauer zu spähen.

Am Rand des Felds sichtete ich in den Schatten des Walds einen großen, bärtigen Mann. Er stand so still, dass ich ihn beinah mit einem Baum verwechselt hätte. Neben ihm erschien eine weitere Gestalt, ein Geschöpf mit dichtem, braunem und grauem Fell. Ein Hund – der allerdings zu groß und wild wirkte. Also kein Hund. Ein Wolf.

Hastig zog ich mich hinter die Säule zurück und hoffte, dass mich der Krieger, der offenbar das Kloster beobachtete, nicht gesehen hatte. Die Mauer um das Klostergelände hatte früher immer genügt, um furchterregende Fremde fernzuhalten, doch im vergangenen Jahr waren oft große, dünne Männer zu Besuch gekommen. Sie sahen wie Soldaten aus und verloren selten ein Wort. Die anderen Waisen und ich vermuteten, dass der Ordensbruder sie damit beauftragt hatte, das Kloster zu bewachen.

Der bärtige Mann sah völlig anders aus als jene grauhäutigen Wachleute. Breitbeinig stand er da. Muskeln dehnten das Lederwams, das er trug. Seine Hand ruhte auf einer Axt an seinem Gürtel. Ein Krieger, wie ich ihn noch nie gesehen hatte.

Als ich einen weiteren Blick wagte, waren sowohl der Krieger als auch der Wolf verschwunden.

Verunsichert eile ich den Gehweg entlang und huschte in die Küche. Ein spitzer Aufschrei ließ mich erstarren.

»Oh, Salbei, du hast mich erschreckt.«

Eine junge Frau etwa in meinem Alter stand an einem riesigen Bottich mit Eintopf. Der Dampf hatte ihr Gesicht gerötet. Ihre Hand fächelte über ihrem üppigen Busen.

»Verzeih, Lorbeer.« Ich entspannte mich.

»Du bist so leise«, sagte die dunkelhaarige junge Frau. Ein Lächeln hellte ihr liebliches Gesicht auf. Ich antwortete darauf mit einem eigenen Lächeln, bis sie fragte: »Versuchst du, dem Ordensbruder auszuweichen?«

»Sucht er etwa nach mir?« Ich zwang mich, meiner Stimme einen unbeschwerten Ton zu verleihen.

»Vor einer Weile hat er nach dir gebrüllt.« Mitfühlend verzog sie das Gesicht. Die meisten Frauen wussten, dass ich der Liebling des Ordensbruders war. Allerdings wussten sie nicht, wie ich zu der Ehre kam. Meiner Freundin Weide hatte ich die Wahrheit anvertraut, aber sie würde sie niemandem weitersagen. Lorbeer musste es selbst erraten haben.

»Dann gehe ich eben zu ihm.«

»Bist du sicher?« Sie senkte die Stimme. »Könnte besser sein, wenn du dich versteckst. Du kannst hier bleiben – ich koche gerade Kohl, und den Geruch hasst er.«

»Ist wohl am besten, wenn ich ihn aufsuche.« Seine Stimmung konnte ich zwar nicht ändern, aber ich nahm so viel von seinem Zorn auf, wie ich konnte, um die anderen Mädchen zu schützen. Statt mich Lorbeers mitleidigem Blick zu stellen, wechselte ich das Thema. »Weiß die Äbtin, dass du dich bis aufs Unterleibchen ausziehst, während du das Abendmahl zubereitest?«

Der beeindruckende Busen der jungen Köchin dehnte den dünnen Stoff. »Ist zu heiß hier drin, um so viel Kleidung zu tragen.« Sie warf den Kopf mit einer Selbstsicherheit zurück, die sie außerhalb der Küche nicht ausstrahlte.

»Ich sage nichts, wenn du nichts sagst.« Wäre da nicht meine handfeste Besorgnis gewesen, ich hätte gelächelt. »Aber sei vorsichtig.«

»Die Nonnen werden mich nicht bestrafen und riskieren, dass der Ordensbruder seine Mahlzeit zu spät bekommt. Vielleicht versuchen sie wieder, mich fasten zu lassen.« Lorbeer verdrehte die Augen. »Hat aber bisher nicht geklappt, oder?« Sie zeigte auf ihren wunderschönen Körper, auf die Kurven, die Männer dazu brachten, sie anzustarren, wann immer sie Ausflüge ins Dorf unternahm, um Kräuter für ihre begehrten Gewürze zu beschaffen. Gerüchten zufolge hatten sämtliche Männer im Dorf Lorbeer zur schönsten Frau der Gemeinde erkoren. Nun ja, alle außer den graugesichtigen Wachleuten, die nie ein Wort sprachen. Andererseits wirkten sie weniger wie

Männer und mehr wie Vogelscheuchen, ausgestopft und ausdruckslos.

»Dabei fällt mir etwas ein.« Lorbeer eilte zur Speisekammer und holte ein Päckchen daraus hervor. »Ich habe ein paar Haferkekse für dich beiseitegelegt.«

Als ich abwinkte, schürzte sie die Lippen. »Ich sehe doch, dass Rosalind und du euer Essen weitergeben, wenn der Ordensbruder die jüngeren Waisen bestraft, indem sie nichts bekommen. Und in letzter Zeit bestraft er viel.« Sie zog eine Augenbraue hoch und warnte mich stumm davor, ihr zu widersprechen. »Vor allem, seit Hasel verschwunden ist.«

»Sei still«, flüsterte ich und nahm das Päckchen an, um sie zu beschwichtigen. »Bitte sprich nicht mehr davon.«

»Aber ...« Sie musste bemerkt haben, dass ich plötzlich einsetzende Tränen zurückdrängte, denn sie nickte. »Schon gut. Schon gut.« Wir alle hatten unter der Bestrafung für Hasels Sünden gelitten – aber schlimmer als die Schläge fanden wir, dass sie verschwunden war und uns niemand sagen wollte, wohin oder wie lange. »Mir fehlt sie auch.«

»Ich weiß.« Gern hätte ich noch mehr gesagt, doch ich wollte nicht das Wagnis eingehen, belauscht zu werden. Der Gang vor der Küche führte zur Arbeitsstube und zur Unterkunft des Ordensbruders. Unter meiner Gunna trug ich die Blutergüsse seines Zorns am Leib. Was aus Hasel geworden war, wusste ich nicht, jedenfalls fühlte sich das Kloster nicht mehr sicher an. Vielleicht war es das nie gewesen.

»Gib die Kekse, wem du willst. Und du isst auch einen«, sagte sie in mütterlichem Ton, obwohl sie kaum älter als ich war.

»Ich gebe Weide die Kekse. Sie ist heute zum Markt gegangen, und heute Nacht ist der Mond fast voll. Das ist ihre besondere Zeit ...« Mehr Worte verlor ich nicht darüber, doch Lorbeer wusste, was ich meinte. Alle älteren Mädchen im Kloster beobachteten das Zu- und Abnehmen des Monds so, wie Fischer die Gezeiten – als hingen unser Leben und unser Lebensunterhalt davon ab.

»Na schön, Weide kann die meisten Haferkekse haben, aber nicht alle. Versprich mir, dass du auch welche isst, Salbei.«

Ich schenkte ihr ein verhaltenes Lächeln, versprach jedoch nichts dergleichen. Beim Gedanken daran, was die Nacht bringen mochte, krampfte sich mein Magen zusammen. Die stillen Wächter waren ungefähr um die Zeit beim Kloster erschienen, als Hasel uns von einer seltsamen jungen Frau erzählte, die im Turm eingesperrt war. Kurz danach verschwanden Hasel, die Wächter und die junge Frau. Die Ereignisse hatten den Ordensbruder in rasende Wut versetzt, und als seine Lieblingswaise war ich zu seiner natürlichen Zielscheibe geworden.

»Salbei.« Lorbeer stemmte die Hände in die Hüften und ahmte unsere strenge Äbtin beeindruckend gut nach.

»Ich werde mein Bestes geben.«

»Lorbeer!«, brüllte der Ordensbruder aus dem Gang vor der Küche herein. »Ist Weide bei dir?«

Meine Freundin schob mich in die Speisekammer, bevor sie zurückrief: »Sie ist beim Markt, Herr, erinnert Ihr Euch?«

»Hm«, hörte ich ihn brummen. »Inzwischen sollte sie wieder hier sein. Schick sie zu mir, wenn sie zurückkommt.«

»Natürlich, Vater«, flötete Lorbeer und verzog vor mir das Gesicht. Ich bedeutete ihr, das Gunna anzuziehen, doch sie schüttelte den Kopf. Meine Hände verstärkten den Griff um das Päckchen mit den Keksen. Wenn er sie halbnackt erwischte ... Mir war halb zum Lachen, halb zum Weinen zumute, doch ich verkniff mir beides. Die einzige Waise, die er halbnackt haben wollte, war ich. Lorbeer hatte nichts zu befürchten.

Einen flüchtigen Moment lang hasste ich sie dafür, dann schämte ich mich sofort.

»Schon wieder Kohl heute Abend?« Die Schritte des Ordensbruders entfernten sich.

»Ja, Herr. Aber für Euch habe ich Fleisch. Und Met.«

»Dann ist es ja gut. Schick Salbei damit zu mir.«

»Ja, Herr«, erwiderte Lorbeer und streckte der geschlossenen Tür die Zunge heraus.

Die schweren Schritte des Ordensbruders schlugen die andere Richtung ein.

»Siehst du, ich hab's dir ja gesagt. Er hasst Kohl.«

»Danke.« Ich presste die Hand auf den Bauch, als sich mein Magen zusammenkrampfte.

»Geh und such Weide. Er hat recht, sie sollte inzwischen zurück sein. Aber wenn du ihm sagst, sie war vor Einbruch der Dunkelheit zurück, wird er dir glauben.«

Ich nickte und hastete davon. Zuerst schlich ich auf Zehenspitzen für den Fall, dass ich jemandem begegnete, aber wie sich herausstellte, hielt sich niemand in der Nähe des einzigen Eingangs und Ausgangs des Klosters auf. Die Nonnen hatten keinen Grund dazu, und die Waisen durften es nicht.

Ich dachte an den Mann mit dem Wolf, der am Waldrand gleich hinter der Straße zum Dorf gestanden hatte. Der Mann schien auf etwas zu warten … oder auf jemanden. Weide würde geradewegs an der Stelle vorbeikommen, an der dieser Krieger gestanden hatte.

Ich musste sie warnen.

Als ich rannte, hallten meine Schritte durch den großen Saal. Ich fand Weide im Andachtsraum, wo sie die Statue der Mutter Maria anstarrte.

»Weide«, rief ich nach ihr. Sie blinzelte und trat zurück, als würde sie gerade erwachen. Weide verfiel oft in einen Dämmerzustand. Schwester Juliet nannte das eine Trance.

Weide schwankte ein wenig, als ich mich ihr näherte. Immer noch blinzelte sie, als wäre sie schlaftrunken. Ihre Wangen waren gerötet, ihre Armee leer.

»Hast du die Besorgung erledigt?«, fragte ich und entspannte mich, als sie auf den Korb zeigte. Der Ordensbruder würde einen Zahlungsnachweis sehen wollen. Die Arbeit erledigten zwar die Waisen, das Geld jedoch verwaltete er mit eiserner Faust.

Abgesehen von zwei grellen Flecken auf den Wangen sah Weide ein wenig blass aus. Ich wollte sie fragen, ob sie den Krieger gesehen hatte, doch sie wirkte bereits erschüttert, und ich wollte ihr nicht noch mehr Ungemach bereiten. Seit Hasels Verschwinden waren wir alle unruhig. »Kommst du zur Vesper?«

»Nein, ich kann nicht. Wir haben fast Vollmond.« Weides Blick senkte sich auf ihre Füße. Das Fieber überkam sie regelmäßig. Sowohl Hasel als auch ich litten gelegentlich darunter, aber bei Weide schien es immer genau mit dem Vollmond zusammenzufallen.

»Hier.« Ich ging zu ihr und gab ihr die in Lorbeers Leinen eingewickelten Haferkekse.

Wortlos nahm sie das Bündel entgegen, wenngleich sie mir nicht den Eindruck vermittelte, etwas davon essen zu wollen. Wenn das Fieber einsetzte, würde Essen das Letzte sein, wonach ihr der Sinn stünde.

»Ich muss noch zum Ordensbruder.«

»Ich mache das«, bot ich an und hob den Korb auf.

»Er ist unheimlich übellaunig, seit Hasel verschwunden ist.«

»Ich komm schon zurecht.« Nach außen hin zeigte ich mich tapfer.

Weide ergriff den Saum meines Ärmels und hob ihn an. Ich blickte nicht nach unten, denn ich kannte die blauen Flecken ja, die sich unter dem Ärmel verbargen. Dagegen konnte ich nichts unternehmen.

Alle paar Jahre suchte sich der Ordensbruder ein Lieblingsmädchen aus. Er bevorzugte blondes Haar und kindliche Züge. Zuerst hatte er sich mit Sari vergnügt, dann mit Rosalind und anschließend mit mir. Er hatte bereits ein Auge auf die Jüngeren geworfen, unter anderem auf die kleine Espe, einen blonden, blauäugigen Engel. Rosalind und ich hatten einen Plan, um ihn aufzuhalten, bevor er seine Zuwendungen ihrer Schwester Espe angedeihen ließe. Sofern wir nicht verschwänden, bevor wir ihn umsetzen konnten.

Zu meiner Erleichterung verlor Weide kein Wort über die Male.

Sie ließ meinen Ärmel los und sagte: »Der Ladenbesitzer hat uns einen anständigen Preis für die Kräuter bezahlt. Er will mehr von deiner Tinktur gegen Rückenschmerzen.«

»Ich sage es ihm.« Vielleicht genügte das Geld, um den Ordensbruder zu besänftigen. »Danke, Weide.«

Aber ihre Gedanken weilten bereits wieder woanders. Ihr Blick war mit einem abwesenden Ausdruck zu der Statue zurückgekehrt. Ich schlich davon und überließ sie ihren Grübeleien.

ICH FAND den Ordensbruder in seiner Arbeitsstube. Die Tür hatte er fest verschlossen, um den Kohlgeruch auszusperren. Lorbeer hatte ihm eben erst sein Abendessen gebracht. Er schaute kaum davon auf.

Ich stellte in seiner Nähe den Korb ab, in den ich selbst keinen Blick geworfen hatte.

»Was ist das?«, brummte er.

»Weide ist zurück«, teilte ich ihm mit. »Ich habe sie losgeschickt, damit sie ihre Arbeit beendet, und ich habe Euch die Einnahmen gebracht.«

Er tauchte die dicke Hand in den Geldbeutel und verlor keine Zeit, breitete die Münzen aus und zählte sie.

»Ich hätte sie früher zurückerwartet«, brummte er. »Hat sie Zeit damit vergeudet, wie eine liederliche Dirne mit Männern zu schäkern?«

Ich erwiderte nichts.

»Hast du dazu nichts zu sagen?« Er schmunzelte, was mich ein wenig entspannte. Vielleicht würde er mich in dieser Nacht erträglich behandeln. Vielleicht würde er nicht verärgert sein.

»Beruhig dich, Mädchen, ich werde dich heute Abend nicht schlagen. Es ist alles gut.«

Das Gold musste ihn erfreut haben. Dennoch wich ich unscheinbar zurück und suchte nach einem Grund zu gehen.

»Wollt Ihr noch Bier?« Ich deutete mit dem Kopf auf den Krug.

»Nein, nicht heute Abend. Aber komm später zu mir, Salbei.«

Ich knickste und ging. Der Magen drehte sich mir ein paar Mal um, und ich war froh, dass ich nichts gegessen hatte.

2

THORBJORN

Ich wartete in den sonnengesprenkelten Schatten des Walds, die Arme vor der Brust verschränkt. Mein Kriegerbruder Rolf stand in Wolfsgestalt an meiner Seite. Wir hatten schon in vielen Schlachten gekämpft und kannten die Macht der Augenblicke vor einem Angriff. Ich hatte mehrfach die Schärfe meiner Axt und den festen Sitz meines Gürtels und meiner Stiefel überprüft. Alles war in bester Ordnung. Mit tiefen Atemzügen stand ich in der zunehmenden Düsternis und beobachtete das Kloster.

Zwei Krieger trabten herüber. Der mit dem roten Schopf grinste dabei wie ein Narr.

»Leif, Brokk«, begrüßte ich sie.

»Wir sind einer von ihnen begegnet – einer *Holzmouwa*. Sie ist nicht gepaart.« Leif rieb sich beinah die Hände. Brokk wiegte sich auf die Fersen zurück, still wie üblich. Allerdings sprach ein Ansatz von Begeisterung aus seinen sonst so verschlossenen Zügen.

Ihr Trottel, schimpfte der Wolf an meiner Seite über die Rudelbindungen.

»Unser Befehle lauten, uns nicht sehen zu lassen«, stellte ich klar.

»Treibt ihr euch deshalb am Waldrand herum und hofft, einen Blick auf eine mögliche Gefährtin zu erhaschen?« Leif zog die Augenbrauen hoch.

Weder Rolf noch ich antworteten oder erwähnten die zierliche Frau, die wir auf dem Steinweg gesehen hatten, bevor wir zum Warten tiefer in den Wald zurückgewichen waren.

»Jedenfalls hättet ihr es auch gemacht, wenn ihr diejenige gefunden hättet, die eure Bestie anspricht«, fügte Leif hinzu.

Ich schüttelte den Kopf. »Was, wenn sie euch dem heiligen Mann meldet und er seinen Herrn benachrichtigt?«

»Wird sie nicht. Sie ist zu verängstigt, um irgendjemandem zu erzählen, dass sie uns gesehen hat«, sagte Brokk, und Leifs gute Laune stumpfte ein wenig ab.

»Brokk hat recht«, räumte der Rotschopf ein. »Was immer die mit diesen Frauen im Kloster machen, davor hat sie mehr Angst als vor uns.«

»Oder vielleicht haben wir ihr Angst eingejagt«, meinte Brokk. Ein Anflug von Wut durchlief Leif, und seine Bestie schimmerte durch. Brokk lege eine Hand auf den Arm seines Kriegerbruders. Kaum war seine Beherrschung in den Rotschopf geströmt, entspannten sich Leifs Schultern, und das grelle Licht in seinen Augen verblasste.

»Erzählt uns mehr von der Frau, der ihr begegnet seid«, verlangte ich. Es wäre ein Jammer, würde Leif so kurz vor der Gelegenheit, Anspruch auf eine Gefährtin zu erheben, die Beherrschung über seine Bestie verlieren. Wir alle hatten so lange auf diesen Augenblick gewartet. Leif war ein guter Krieger, auch wenn er mehr plapperte als der Großteil des Berserker-Rudels zusammen.

»Sie ist klein, zierlich und perfekt«, sagte Leif. »Weide. Ihr Name ist Weide.« Er endete mit einem leichten Winseln, einem animalischen Laut.

In Wolfsgestalt antwortete Rolf mit einem eigenen Winseln, das nach Mitgefühl klang. *Können sie Anspruch auf sie erheben?* Er sprach über unsere persönliche Bruderbindung nur mit mir. *Leif steht kurz davor, die Kontrolle zu verlieren. Wenn ein anderer versucht, sie sich zu nehmen ...*

Wir sollen die Frauen retten, nicht untereinander um sie kämpfen. Die Alphas hatten unmissverständlich zum Ausdruck gebracht, dass jeder Berserker, der die Kontrolle verlor, sterben würde. Wir durften nicht das Wagnis eingehen, eine der *Holzmouwas* zu verletzen – der Frauen, die unsere Bestien zu bändigen vermochten.

Als einer der älteren, standhafteren Wölfe hatte ich das Vorrecht der Dominanz. Die Alphas hatten mir die Führung anvertraut.

Ich wandte mich an Leif und entschied: »Ich werde den Befehl erteilen – kein anderer Berserker darf sie anrühren. Brokk und du nähern sich der Front von Süden. Wenn ihr dabei eure mögliche Gefährtin seht, könnt ihr sie euch nehmen.«

»Danke«, sagte Brokk. Zu seinem Kriegerbruder meinte er: »Lass uns jetzt gehen. Wir müssen bereit sein, wenn wir Anspruch auf sie erheben wollen.«

Für die Annäherung aus Süden mussten er und Leif einen weiten Bogen um das Klostergelände beschreiben und sich durch den Wald anschleichen. Rolf und ich hatten vor, nahe der Stelle, an der wir standen, über die Mauer zu springen, aber der Marsch würde Leif guttun.

»Wir erheben Anspruch auf die Frau, die Weide heißt.

Die Bestie hat sie ausgewählt«, betonte Leif. »Und du, Thorbjorn? Rolf? Habt ihr schon entschieden, welche Frau die eure wird?«

Ich entsandte die Sinne zu meinem Kriegerbruder, eine behutsame Berührung der Verbindung zwischen uns, die uns seit über einem Jahrhundert am Leben erhielt. Wann immer meine Bestie tobte, lieh mir Rolf seine Beherrschung. Und umgekehrt ich ihm meine.

»Wir spüren sie«, antwortete ich für uns beide. »Sie wartet auf uns.« Jahre des Wartens, und endlich würde der Fluch aufgehoben werden. Aber Rolf und ich hatten gelernt, nicht vorschnell zu hoffen.

Bald werden wir alle unsere Gefährtinnen haben. Rolfs Worte klangen wie eine Prophezeiung.

»Heute Nacht«, sagte ich. »Wir holen sie uns heute Nacht.«

3

SALBEI

Der Schlafsaal des Waisenheims enthielt zwanzig Betten. Die Mädchen – Jungen gab es keine – schliefen zu zweit oder zu dritt zusammen. Ich saß auf dem Bett, das ich mir mit Weide teilte, über ein zerrissenes Kleid gebeugt und nähte im schwachen Licht, so gut ich konnte. Kerzen wurden nicht für Waisenkinder vergeudet. Nur Rosalind hatte die Erlaubnis, eine anzuzünden, um sich zu vergewissern, dass alle Waisen wohlbehalten in ihren Betten lagen. Sie hatte die Kerze zwischen Farn und mich gestellt und ging zur Tür, um dort Wache zu halten, falls die Nonnen an unserer Unterkunft vorbeikamen.

»Ich weiß nicht, wie es passiert ist.« Espe, Rosalinds jüngere Schwester, stand händeringend da und biss sich auf die Unterlippe. »Efeu hat mich zur Mutprobe herausgefordert, auf den Baum zu klettern, aber ich war so vorsichtig ...«

»Keine Sorge«, murmelte ich, während ich den Riss mit zusammengekniffenen Augen betrachtete. »Ich richte es schnell, dann bemerkt es niemand. Ich bin zwar nicht so gut darin wie Farn, trotzdem wird es reichen.«

»Ich hätte ja Farn gebeten, mein Kleid zu richten, aber sie ist gerade mit dem von Efeu beschäftigt.«

Ich schaute auf und lächelte Farn an, ein zurückhaltendes Mädchen mit gewelltem rotbraunem Haar. Efeu, ungefähr in Espes Alter, stand mit verkniffener Miene in der Nähe. Ihr Gesichtsausdruck verriet keine Reue. Wie Espe hielt sie sich die rechte Hand an die Brust.

»Bitteschön. So gut wie neu.« Ich überprüfte die saubere Naht und legte das Kleid beiseite. »Jetzt lass mich deine Hand sehen.«

Espes linke Hand ließ die rechte los. Sie zuckte zusammen, als ich die gerötete Handfläche untersuchte und sie bat, die Finger zu beugen.

»Schwester Annes bevorzugte Bestrafung ist der Riemen«, sagte ich, als ich Espes Hand umdrehte und die Schwellung besah. »Hat sie auch dein zerrissenes Kleid gesehen oder nur deine Faxen?«

»Sie hat uns auf den Baum klettern und herunterfallen gesehen, aber nicht auf unsere Kleider geschaut.«

»Dann hat sie keinen weiteren Grund, dich zu bestrafen.« Ich drückte ihre unversehrte Hand. »Denn das Kleid ist ja nicht mehr zerrissen. Aber versprich mir, dass du nicht noch mal versuchst, auf Bäume zu klettern.«

»Ampfer macht das dauernd.«

»Ampfer ist ein halbes Eichhörnchen.«

Ein Schnauben ertönte aus dem Winkel, in dem Ampfer kauerte, eine drahtige junge Frau mit sonnengebräunter Haut. Sie schärfte gerade Pfeilspitzen für ihre selbstgebastelte Jagdausrüstung.

»Halb Eichhörnchen und halb Fuchs«, ergänzte ich. »Und vielleicht auch ein bisschen Fisch, denn sie schwimmt genauso gut, wie sie klettert.«

»Ich nicht«, widersprach Ampfer. »Weide ist diejenige, die gern schwimmt. Ich halte mich lieber an Bäume.«

Espe kicherte.

»Na schön, ab ins Bett mit dir. Wasch dir zuerst das Gesicht und frag deine Schwester um eine Schale kaltes Wasser, damit du die Hand hineinlegen kannst. Dann sollte die Hand bis morgen früh so gut wie neu sein, genau wie dein Kleid.«

»Hilfst du mir beim Waschen?«

»Ich muss noch eine Besorgung erledigen.«

Espe fand sich damit ab, Ampfer hingegen beobachtete mich mit einem scharfen Ausdruck im Gesicht.

»Wo ist Weide?« Ampfer erhob bei der Frage die Stimme.

»Schhh«, zischte Rosalind fast so laut wie Ampfer. »Weide kommt bald. Sie war heute auf den Markt, und der Ordensbruder wollte sie sehen.« Das stimmte alles, aber Rosalind wusste so gut wie ich, dass Weide in dieser Nacht nicht hier schlafen würde. Sie würde sich zu einem Schuppen auf der anderen Seite des Klostergeländes schleichen. Dort würde sie bleiben, bis sich ihr Fieber einigermaßen gelegt hätte.

»Ich soll auch zum Ordensbruder gehen. Ich richte ihr aus, dass du nach ihr gefragt hast«, sagte ich. Nach Weide würde ich sehen, nachdem ich den Ordensbruder besänftigt hätte, also hatte ich die Wahrheit gesagt, nur ohne Einzelheiten. Rosalind und ich hatten vereinbart, Stillschweigen darüber zu bewahren. Zugleich jedoch wollten wir beide die Mädchen nicht unverhohlen belügen. Wir waren die einzige Familie, die wir hatten.

Die kühle Nachtluft wehte mir übers Gesicht, als ich zurück zur Küche und zur Arbeitsstube des Ordensbruders eilte. Vielleicht würde es mir gelingen, mich vor seinen Berührungen zu drücken, bis er eindöste, und dann flüchten und draußen schlafen. Weide und ich bewahrten im Schuppen ein paar Decken auf, doch durch das Fieber würde sie keine brauchen. Ich würde mich draußen einrollen und die Nacht unter den Sternen verbringen. Die saubere Luft atmen. Oder nah bei Weide bleiben, um sie mit Wasser und Gesellschaft zu versorgen, während sie litt. Außerdem könnte ich für Ablenkung sorgen, falls jemand auf der Suche nach ihr in die Nähe käme. Es war immer ein Wagnis, die Nacht nicht im Schlafsaal zu verbringen, andererseits durften wir unser Fieber auf keinen Fall dem Ordensbruder offenbaren.

Die jungen Frauen, die damit erwischt wurden, verschwanden nämlich.

»Salbei«, zischte jemand hinter mir. Vor Schreck fuhr ich beinah aus der Haut.

»Ampfer?«

Der Wildfang löste sich aus den Schatten. Ihre Haltung vermittelte Verärgerung. »Rosalind und du können mich nicht täuschen. Heraus mit der Wahrheit. Was ist los?«

Ampfer war ins Waisenhaus gekommen, als sie noch sehr klein war. Wie uns alle, die wir als Kleinkinder hier gelandet waren, hatten die Nonnen sie nach einer Pflanze benannt. Sie war etwas jünger als Weide, Rosalind und ich – deshalb litt sie noch nicht unter dem Fieber. Wir verbargen es vor ihr.

»Ich bin unterwegs zu einer Besorgung für den Ordensbruder, Ampfer. Ich muss jetzt zu ihm.«

»Lüg mich nicht an. Ich weiß, dass ihr was im Schilde führt. Du und die anderen.« Sie biss sich auf die Unterlippe und wandte den Blick ab, als kämpfte sie mit Tränen. Was mich überraschte – ich hatte Ampfer noch nie weinen gesehen. Nicht einmal bei Prügelstrafen, die sie wegen ihrer wilden Art regelmäßig bekam. »Ich weiß, dass Hasel aus einem bestimmten Grund weg ist.«

»Damit hatte ich nichts zu tun und ...«

»Ich weiß es! Aber ich kann nicht helfen, wenn mir niemand sagt, was ...«

»Na schön.« Ich zog sie zurück in die Dunkelheit. »Schon gut. Bevor Hasel verschwunden ist, war sie bei uns und hat uns erzählt, dass der Ordensbruder lügt. Er sucht keine Ehemänner für uns. Er führt etwas im Schilde. Deshalb sind zuerst Sari und jetzt auch Hasel verschwunden. Ich weiß auch nicht, was vor sich geht, aber der Ordensbruder verkauft junge Frauen wie uns, und man sieht sie nie wieder.«

»Ich wusste es«, hauchte sie. »Dafür sind die Wachleute da.«

Ich blinzelte. »Was?«

»Die bleichen Wächter. Bestimmt hast du sie schon bemerkt. Die Männer mit der seltsam blassen Haut, die sich immer in der Nähe herumtreiben. Sie reden nicht viel, aber wenn sie es tun, klingt es, als würden Schlangen zischen.«

Ein Schauder durchlief mich. »Ja, sie sind mir aufgefallen.«

»Die sorgen nicht für unsere Sicherheit. Sie sorgen dafür, dass wir hier drin bleiben. Aber warum?« Sie fuhr fort und sprach meine Gedanken aus. »Was haben sie mit uns vor?«

»Hallo?«, rief eine verhaltene Stimme aus den Schatten. Ampfer und ich zuckten zusammen, doch es war nur ein Mädchen, das hinter uns her tappte. Eines der Kleineren.

»Geh zurück ins Bett, Veilchen«, sagte Ampfer.

»Ich kann nicht schlafen«, erwiderte sie und rieb sich die Arme.

Ich nahm mein Kopftuch ab und legte es ihr um die Schultern. »Hast du Bauchweh?«

»Nein. Ich hab von Stimmen in der Dunkelheit geträumt, von klirrenden Waffen.«

»Das war bloß ein Traum«, meinte Ampfer zu dem verängstigten Mädchen, während ich Veilchens Haar streichelte, um ihren schaudernden Körper zu beruhigen.

»Geht ihr mit mir zurück den Gang hinunter?«, fragte Veilchen.

Ich biss mir auf die Unterlippe. Der Ordensbruder würde warten.

»Geh zu ihm.« Ampfer seufzte, löste die verschränkten Arme voneinander und gab dem kleinen Mädchen die Hand. »Ich bringe sie zurück. Aber diese Unterhaltung ist noch nicht vorbei. Ich will erfahren, was du weißt.« Sie sah mir über Veilchens Kopf hinweg in die Augen.

»Ich werd's dir sagen«, flüsterte ich. »Versprochen. Nur ... nicht heute Nacht.«

Ich wartete, bis sie in Richtung des Schlafsaals verschwunden war, bevor ich den Weg fortsetzte.

Meine Schritte hallten in dem Gang aus Stein wider. Auf halbem Weg zur Küche hielt ich inne. Die Nacht war angebrochen, und sie sollte erfüllt vom abendlichen Gesang der Vögel sein. Stattdessen herrschte in den Gärten, im Wald dahinter und auf dem gesamten Klostergelände völlige Stille. Seltsam.

Lorbeer befand sich noch in der Küche und schrubbte die Töpfe.

»Salbei.« Sie richtete sich auf und trocknete sich hastig die Hände ab. »Er brüllt schon nach dir. Ich habe ihm heute Abend das beste Fleisch mit einer üppigen Soße serviert. Er sollte bald schlafen. Und gib ihm das.« Sie reichte mir eine Flasche Bier.

»Danke.« Dann marschierte ich weiter, damit ich mich nicht mit ihrem Mitleid auseinandersetzen musste. Nur ein paar freundliche Worte, und ich würde mich über Nacht in der Speisekammer verstecken oder zu Weides Schuppen hinauslaufen. Oder überhaupt ausreißen.

Bald. Bald.

Mit wild pochendem Herzen stand ich vor der Tür des Ordensbruders und klopfte.

»Ich bin's, Salbei«, rief ich. Mit einem Klicken öffnete sich das Schloss, und er winkte mich hinein. Auf seinem Tisch funkelte noch das Gold. Ich gab ihm das Bier und blieb in der Nähe der Tür.

»Komm her, Kind.« Er setzte sich und tätschelte sein Knie. Mir drehte sich der Magen um. So fing es immer an.

Dann hörten wir beide den Schrei, der hässlich nach Gewalt klang und die nächtliche Ruhe zerriss.

4

ROLF

Wölfe konnten mit geschlossenen Augen sehen. In der Dunkelheit drangen die Gerüche zu mir, bis ich blind den Weg zum Mittelpunkt des Klosters fand. Ich führte die Krieger durch den Garten voller durchdringend duftender Kräuter und Kaninchenfallen mit Ködern, vorbei an einem stinkenden Misthaufen und bis zu dem großen Gebäude aus kaltem Stein. Drinnen pulsierte ein süßer Duft wie ein heller Stern – ein Duft von weicher Haut, frisch gewaschen, leicht blumig. Der Duft der Unschuld, der Duft einer süßen, zum Pflücken gereiften Frucht. Reif für die Ernte.

Unsere Gefährtin. Der Wolf hob den Kopf, als meine wilde Natur – die Bestie – ein Winseln anstimmte.

Ruhig, sagte Thorbjorn zu mir. *Wir holen sie bald.* Er wartete draußen vor der Mauer und beobachtete die Straße. Ich teilte meine Eindrücke vom Kloster mit ihm.

Ich wittere sie genauso wie du: unsere Gefährtin. Unsere wahre Gefährtin. Die den Fluch für immer von uns nehmen würde.

Mein Körper bebte. Mehr als alles andere hasste ich den

Fluch, den Makel der Magie, der in meinem Körper hauste und die Macht des Wolfs und des Kriegers zu einer elenden, wilden, aus reiner Lust bestehenden Kreatur verzerrte. Lust auf Blut. Lust auf Fleisch.

Nur eine Frau konnte uns befreien. Und nicht irgendeine Frau. Unsere Gefährtin.

Sie ist hier. Wir finden sie, sagte ich zu meinem Kriegerbruder.

Kannst du noch näher ran, ohne bemerkt zu werden?

Sag den Kriegern, sie sollen warten. Ich kundschafte voraus.

Tief auf dem Bauch schlich ich um einen Beerenstrauch herum. Leise Stimmen trieben mir entgegen, und ich hielt inne. Auf den Rasen zwischen uns und dem Kloster schien zu viel Mondlicht. *Jemand ist auf dem Gehweg. Lasst sie vorbeiziehen.*

Wir warteten, wagten kaum zu atmen. Ein Krieger verlagerte das Gewicht. Seine Waffen klirrten aneinander.

Narr. Ich bleckte ihm die Zähne entgegen, übermittelte ihm die Dominanz meines Kriegerbruders. *Weg mit der Axt. Wir sollen diese Frauen entführen, nicht verletzen.*

Tu, was Rolf sagt, bestärkte Thorbjorn meinen Befehl mit einer Prise Rudelmagie.

Ein erstickter Aufschrei durchbrach die Stille. Alle Krieger erstarrten.

Wir haben eine, meldete Brokk. *Die Frau, der wir auf der Straße begegnet sind. Sie hat sich in einer Hütte am Waldrand versteckt.*

Sie sollten doch alle im Bett sein. Thorbjorn verzog das Gesicht. *Wir müssen uns beeilen.*

Der Wind wehte an mir vorbei. Ein honigähnlicher Duft lag darin. Die Bestie in mir bäumte sich auf, doch zum ersten Mal wollte sie nicht kämpfen.

Hast du ..., begann Thorbjorn mit einem Hauch von Verwunderung.

Ja, ich rieche sie. Unsere Gefährtin.

Ein Krieger brauch aus den Rängen aus und rannte weithin sichtbar über das Feld.

Halt!, befahl Thorbjorn, jedoch zu spät.

Ein Schrei ertönte.

Los jetzt! Sie wissen, dass wir hier sind. Thorbjorn raste zur Mauer und sprang darüber. *Die Überraschung ist weg – nutzt Geschwindigkeit.*

Ich stürmte vorwärts, folgte meiner Nase zum Gehweg, wo der Hauch des Geruchs einer jungen Frau nach mir rief.

Andere Krieger folgten mir, schlugen jede Tür ein und schwärmten durch die beengten Gänge aus Stein aus. Sie würden jede einzelne *Holzmouwa* aufspüren und davontragen.

Der Angriff hatte begonnen.

5

SALBEI

»Was war das?« Der Ordensbruder verzog vor Wut das Gesicht.

Ich biss mir auf die Unterlippe. Wenn eines der Mädchen einen Albtraum hatte und laut genug aufschrie, um die Nonnen zu wecken, würden alle Waisen dafür bezahlen.

»Ich gehe nachsehen.« Hastig setzte ich mich in Bewegung, allerdings nicht schnell genug. Sein Schlag erwischte mich und ließ mich taumeln.

»Sei still. Denkst du, ich wüsste nicht, was Luder wie du die ganze Nacht treiben?«

Der Ordensbruder erhob sich und torkelte mit trägen Bewegungen hinter mir her.

Ich wich zurück. Lorbeer musste etwas ins Bier gemischt haben, aber er hatte nicht genug davon getrunken. Schwerfällig schlurfte er vorwärts. Ich schlug ihm die Tür vor der Nase zu. Sein Gebrüll verriet mir, dass ich dafür noch bezahlen würde.

Ich hastete den Gang hinunter zurück durch die Küche. Dort traf ich Lorbeer händeringend an.

»Was ist? Was geht vor sich?«

»Jemand hat geschrien«, presste ich zwischen zusammengebissenen Zähnen hervor. »Eines der Mädchen muss einen Albtraum haben.«

»Ich glaube nicht, dass ...«

Ein weiterer Schrei, gefolgt von panischen Rufen. Lorbeer ließ einen Krug fallen. Er zerbrach.

»Was ist da los?«, brüllte der Ordensbruder durch die Tür herein.

Wir flüchteten beide vor ihm, ich nach draußen, sie in die Ecke. Ich fühlte mich schuldig dafür, sie zurückzulassen, aber vielleicht würde der Ordensbruder stattdessen mich verfolgen. Obwohl ich es nicht herausfinden wollte.

Also rannte ich in vollem Lauf den äußeren Korridor hinab, bis mich ein Aufblitzen von Bewegung in den Schatten jäh abbremsen ließ.

Riesige Männer kamen über den Rasen gerannt. Mondlicht funkelte auf ihren Waffen. Einer trat die Tür zu den Färberäumen ein. Das Holz gab krachend und knirschend nach. Er brüllte und verschwand. Gleich darauf folgte das Kreischen der Nonnen, die dort noch spät arbeiteten. Weitere Krieger drängten hinein, brummten dabei und lachten, als wäre es für sie nur ein Spiel.

Eine Waise flüchtete über die Wiese. Ein Schatten sprang vor und überwältigte die junge Frau. Ihre blassen Beine strampelten unter dem Nachthemd, als sich der Krieger ihren Körper über die Schulter hievte und in den Wald davonmarschierte.

»Salbei!«, brüllte der Ordensbruder aus der Küche. Licht flutete durch die Tür heraus und erfasste mich. Mehrere Paare goldener Augen schwenkten in meine Richtung. Die Angreifer hatten mich gesichtet.

Mein Atem ging keuchend, als ich gegen eine Säule zurückwich. Mein Mund bewegte sich wortlos.

Ein dunkler Schemen sprang auf den Gehweg. Ich schrie auf.

Der Krieger knurrte und stürmte mir entgegen.

»Nein.« Ein Hüne landete leichtfüßig vor mir und versperrte dem Angreifer den Weg. »Such dir eine eigene. Die hier gehört mir.«

Der erste Krieger eilte in Richtung des Schlafsaals los. Der Zweite schaute zu mir zurück. Das Licht aus der Küche fiel über sein bärtiges Gesicht. Etwas an seiner Haltung verriet mir, dass ich ihn schon einmal gesehen hatte.

»Ist schon gut«, sagte er mit tiefer, grollender Stimme. Ich erkannte ihn tatsächlich: der Krieger aus dem Wald.

Ich wirbelte herum, wollte fliehen, musste aber feststellen, dass mir ein riesiger Wolf den Weg versperrte.

Mein Schrei blieb mir im Hals stecken. Ich prallte gegen die Säule, brachte so viel Abstand wie möglich zwischen mich und meine beiden Angreifer, einen Mann und einen Vierbeiner.

»Ruhig, Kleines. Tu dir nicht weh.« Der Krieger streckte eine Hand aus. »Zurück, Rolf«, wandte er sich an den Wolf. »Lass sie gehen. Sie wird leicht zu fangen sein.«

Kaum war mir der Wolf aus dem Weg gegangen, stürmte ich an ihm vorbei. Der Krieger verfolgte mich bis zur Küche. Ich schlug die Tür zu, doch sie prallte zurück und schwang wieder auf.

Lorbeer presste sich immer noch in eine Ecke, aber der Ordensbruder war verschwunden – höchstwahrscheinlich hatte er beim Anblick unserer Angreifer Reißaus genommen.

Wer waren diese Krieger, die nachts ein wehrloses Kloster überrannten? Was wollten sie?

Weitere panische Schreie drangen aus der Richtung des Schlafsaals zu mir.

Nach wenigen Schritten in der Küche hielt ich inne. Sowohl der Krieger als auch der Wolf zeichneten sich am Eingang ab. Der Mann zog zum Eintreten den Kopf ein. Für einen so großen Krieger bewegte er sich anmutig.

»B-bitte«, brabbelte ich. »Tut uns nicht weh.«

Nachdem er eingetreten war, richtete er sich auf. Mein Scheitel reichte ihm kaum bis zur Mitte der Brust. Genauso gut hätte ich ein Kind sein können, das vor einem zornigen Vater stand. Aber ich musste etwas unternehmen.

»Niemand wird euch etwas tun.« Er klang belustigt.

»Lasst sie in Ruhe«, flüsterte ich und legte den Kopf in den Nacken. Das Licht des Feuers spiegelte sich in den Augen des Kriegers. Dadurch leuchteten sie wie die einer Katze. Der Wolf lief lauernd hinter ihm auf und ab, wahrte aber Abstand. Seine Augen glichen denen des Mannes.

»Was wollt ihr von uns?«, fragte ich. Lorbeer stand wie versteinert in der Ecke. Wenn es mir gelänge, den Mann und den Wolf wegzulocken, könnte sie vielleicht entkommen.

Der Krieger legte den Kopf schief. »Wir wollen keine der anderen. Nur dich.«

Mein Herz setzte einen Schlag aus. Ich musste mehrmals schlucken, bevor ich die Kraft zum Sprechen fand. »Wenn ihr die anderen in Ruhe lasst, komme ich mit euch.«

Einen Moment lang betrachteten er und der Wolf mich. »Wie heißt du?«, wollte der Krieger wissen.

Ich blinzelte ihn an. »Salbei«, sagte ich.

»Salbei«, wiederholte er und lächelte. »Und ob du mit uns kommst.« Damit griff der Krieger nach mir.

6

THORBJORN

Ich roch den Ordensbruder, ein fettiger, verschwitzter Mief mit einem Hauch von Met. Rolf und ich hätten ihn längst zur Strecke gebracht, hätte uns nicht die zierliche junge Frau im Weg gestanden.

Sie zitterte vor uns, die Hände an den Seiten zu Fäusten geballt, die Stimme kaum lauter als ein Flüstern. Ihr Duft erinnerte mich an Honig. Ich sehnte mich danach, sie zu berühren ...

Rolf bellte. Eine Bewegung am Ofen ließ mich herumwirbeln. Ich wehrte einen schweren Topf ab, bevor er meinen Arm treffen konnte.

»Lass sie zufrieden!« In der Ecke stand zitternd eine dunkelhaarige junge Frau und griff nach einem weiteren Topf. Ein Lachen entrang sich mir.

Salbei wich zurück, und meine Aufmerksamkeit heftete sich auf sie. Die junge Frau huschte durch eine Tür und verschwand.

Ein weiterer Topf sauste auf mich zu – diesmal auf meinen Kopf. Ein in die Küche stürmender Berserker schlug ihn aus der Luft zu Boden.

»Die übernehme ich.« Ein Krieger namens Haakon drängte sich an mir vorbei und steuerte auf die dunkelhaarige Frau zu. Sein Kriegerbruder Ulf folgte ihm auf den Fuß. Zusammen rückten sie gegen die kleine, häusliche Kriegerin vor, die quiekend einen weiteren Topf schleuderte.

Ulf oder Haakon brummte.

Die süß duftende junge Frau entkommt. Rolf entsandte die Gedanken zu mir. Grummelnd zog ich den Kopf ein und trat durch eine weitere Tür. Die Räumlichkeiten schienen für Menschen der Größe von Ameisen gebaut zu sein. Der Wolf hatte keine Schwierigkeiten damit. Ich folgte ihm in einen dunklen Gang. Vor uns erhaschten wir einen Blick auf blondes Haar – wie ein Aufblitzen von Sonnenschein an diesem feuchten, stinkenden Ort. Salbei flüchtete um eine Ecke, und wir beschleunigten die Schritte.

Die Bestie will diese Frau haben, übermittelte mir Rolf. Ich spürte dieselbe rastlose Regung in der Brust, als mein dunkler, nagender Hunger vom Duft der Frau gestillt wurde.

Sie ist unsere Gefährtin. Ich hatte es vom ersten Augenblick an gewusst. *Wir erheben Anspruch auf sie. Aber zuerst müssen wir sie fangen.*

Hier. Der Wolf fand das Ende der Spur und schnupperte die Gerüche vom Met des Ordensbruders und Salbeis Honigduft. Beides drang unter der schweren Eichenholztür hervor. Der Ordensbruder hatte sich gegen uns verbarrikadiert, aber das Hindernis war der Stärke von Berserkern nicht gewachsen.

Ein Hieb mit meiner Faust, und das Holz splitterte.

Aus der Küche ertönte scheppernder Lärm, als weitere Töpfe auf dem Boden landeten. Einer der Krieger fluchte, der andere lachte.

Rolf hob den Kopf. *Ulf und Haakon haben eine kleine Kämpferin gefunden.*

Ich bevorzuge meine Gefährtin süß, verriet ich. *Wie Honig.*

Mmmm. Die Zunge des Wolfs baumelte heraus, als er glücklich hechelte. *Dann lass uns hineingehen, den heiligen Mann erledigen und sie mitnehmen.*

SALBEI

Ich raste den Gang aus Stein hinunter und bog schlitternd um eine Ecke. Das Klicken der Krallen des Wolfs auf dem Steinboden folgte mir. Der Krieger und sein Begleittier jagten, hetzten hinter ihrer Beute her. Hinter mir.

Vor mir leuchtete Licht aus der Arbeitsstube des Ordensbruders, begleitet vom zischenden Laut eines zum Leben erwachenden Feuers. Als ich die Tür erreichte, verstummte das Geräusch. Beißender Rauch füllte den Raum aus und brachte mich zum Husten.

»Mach die Tür zu«, herrschte mich der Ordensbruder vom Tisch an, wo er über einen Aschehaufen gebeugt stand. Ich wirbelte herum, schob die schwere Tür zu und drehte den Schlüssel im Schloss, um sie zu verriegeln.

»Was ist hier los?« Ich blieb nah bei der Tür. Der Wolf und der Krieger würden uns finden, es war nur eine Frage der Zeit. Aus irgendeinem Grund fürchtete ich mich vor ihnen weniger als vor dem Mann, der sich mit mir in der Kammer aufhielt.

»Der Feind ist hier, Kind. Wir müssen niederknien und um Erlösung beten.«

Ich rührte mich nicht. Er auch nicht. In der Vergangenheit war ich genug gekniet, und es hatte mir nie irgendeine übernatürliche Rettung gebracht.

»Warum sind sie gekommen?«, fragte ich.

Der Ordensbruder starrte auf die verbrannten Überreste auf dem Tisch. Aus der Asche ragte etwas Glattes und Weißes. Ein Knochen.

»Was geht hier vor sich?«, blieb ich hartnäckig, und die Angst fiel von mir ab. Unser Leben, wie wir es kannten, war vorbei. Aus irgendeinem Grund ließ mich die Erkenntnis tapferer werden. »Wo ist Sari? Und wo Hasel?«

»Tot«, antwortete er und verzog das Gesicht. »Tot und verschwunden. Und jetzt ist der Feind hinter dir her, böses, böses Mädchen. Du hast diese Strafe über uns alle gebracht. Du und deinesgleichen.«

»Deinesgleichen?«

»Huren«, spie er verächtlich hervor. »Huren, allesamt.«

Ein Murmeln vor der Tür ließ mich weiter in den Raum zurückweichen.

»Sie sind hier«, hauchte ich.

Die schwere Holztür erzitterte. Ein weiterer Schlag, und das Holz splitterte. Der Ordensbruder hechtete hinter seinen Schreibtisch und überließ es mir, mich den Kriegern allein zu stellen.

8

THORBJORN

Die Tür gab mit einem befriedigenden Geräusch nach.

Drinnen erhellten ein paar Kerzen und das Feuer im Kamin den Raum. Aber der Rauch, den ich roch, dicht, beißend, unrein, stammte nicht davon.

Neben mir hustete Rolf und schüttelte heftig den Kopf, um den Gestank aus der Nase zu bekommen. Schwarze Magie.

Die kleine Frau stand mit großen Augen in der Mitte der Kammer. Bei ihrem Anblick entspannten sich meine Schultern ein wenig.

Der Ordensbruder versteckt sich hinter dem Tisch. Ich rieche ihn, teilte mir Rolf mit.

Aber mein Augenmerk galt allein Salbei. Sie brachte sich zwischen mir und meinem Feind in Stellung. Obwohl sie am ganzen Leib zitterte und aussah, als könnte sie jeden Moment in Ohnmacht fallen, hielt sie meinem Blick trotzig stand. Normalerweise hätte das Monster in mir diese Angst gewittert und angegriffen. Stattdessen genoss die Bestie den Honig in ihrem Duft, kostete ihn wie guten Met und wollte mehr davon. Mich beschlich der Eindruck, das Monster würde sich wie ein Betrunkener auf dem Boden in ihrem Geruch aalen, wenn ich Salbei eine Stunde lang halten könnte.

Thorbjorn? Geht es dir gut?

Ich habe mich vorher noch nie so gefühlt.

»Wer bist du?« Salbeis Herzschlag pulsierte an ihrem Hals.

»Niemand, den du fürchten musst«, antwortete ich ihr und steckte meine Waffe weg.

Der Ordensbruder stürmte mit einem Messer in der Hand wild aus seinem Versteck hervor. Mit einem Ruck zog er die kleine Frau zu sich und hielt ihr die Klinge an die Kehle.

Ich wollte mich in Bewegung setzen, doch Rolfs Zähne packten den Saum meines Wamses.

Nein. Wir dürfen ihre Sicherheit nicht gefährden. Denk nach. Gib nicht der Raserei nach.

»Mein Meister ist unterwegs«, stieß er knurrend hervor. »Er wird euch nicht erlauben, seine Bräute mitzunehmen.«

Sein Meister ist der Totenkönig, kam von Rolf. Er prustete, als hätte ihn ein Stinktier besprüht. *Das ist die miefende Magie, die ich rieche. Der Ordensbruder muss einen Zauber gewirkt haben, um seinen Herrn zu rufen.*

Rot durchwirkte meine Sicht.

Ruhig, warnte Rolf. *Wenn wir hier in dieser Kammer die Beherrschung verlieren, überlebt die Frau den Kampf vielleicht nicht.*

»Tu ihr nicht weh«, presste ich durch die unförmige Kehle heraus. Wenn ich mich nicht vorsah, würde mich die Verwandlung überkommen, und ich würde zur Bestie, halb Mensch, halb Monster.

Im Weiß der Augen der Frau sah ich mein Spiegelbild. Ich jagte ihr Angst ein.

Der Gedanke erzürnte meine Bestie zusätzlich.

Ruhig. Kontrolle. Rolfs Stimme sickerte in meinen Kopf und beruhigte mich.

Die Bestie wich zurück.

»Es ist vorbei«, sagte ich zu dem Priester. »Wir nehmen alle Frauen mit. Bei uns sind sie in Sicherheit.«

Die zierliche Frau zuckte im Griff des Ordensbruders und ließ den Blick auf mich gerichtet. Ihr Atem stockte, als die Klinge fester an ihren Hals gedrückt wurde.

»Bleib ruhig«, sagte ich zu ihr. »Ich lasse nicht zu, dass er dich verletzt.«

»Wenn du näherkommst, töte ich sie ...«, drohte der heilige Mann. Die junge Frau wimmerte und krallte an seinen Armen, aber die Klinge ritzte die Haut an ihrem Hals.

»Nimm das Messer runter, dann verschonen wir dich.« Ich legte eine Prise Befehlsgewalt in meine Worte. Menschen sprachen auf Dominanz genauso gut wie Wölfe an, sie bemerkten es nur nicht immer.

Der heilige Mann hatte das Messer bereits halb gesenkt, bevor ihm klar wurde, dass er es getan hatte. Mit einem Knurren hob er es wieder an.

In dem Moment, als die Frau nach hinten austrat und den Ordensbruder zwischen den Beinen traf, stürmte ich vorwärts. Das Messer schnellte mit einer entschlossenen Bewegung auf ihren Hals zu und hätte die Drohung des Mannes wahrgemacht, wenn ich nicht seinen Arm gepackt und weggerissen hätte. Der Knochen brach.

Die kleine Frau huschte schluchzend davon. Ich zögerte, während ich den heiligen Mann festhielt, denn ich wollte hinter ihr her.

Ich mache das, übermittelte mir Rolf und preschte in den Gang los. Ich wartete.

Nach einem unnatürlichen Windstoß kam Rolf zurück in die Kammer und hatte die verängstigte Frau in den Armen. Rolf zog Salbei mit dem Rücken an seiner Brust fest an sich und raunte ihr besänftigend zu: »Ruhig. Dir passiert nichts. Ich verspreche es dir.«

Leise weinte sie.

»Du hast es gewagt, ihr wehzutun«, warf ich dem fetten Mann knurrend vor. Er war so rund und schwer, dass sich unsere zierliche Frau im Vergleich dazu beinah wie ein Kind ausnahm. Er hätte sie verletzen können.

Um ihn zu töten, würde ich meine Raserei nicht brauchen.

Thorbjorn ... Rolfs Stimme in meinem Kopf stärkte mich.

»Was hast du getan?« Ich stieß den heiligen Mann gegen den Tisch, auf dem ein Aschehaufen mit Resten von Holz und Knochen glomm. Der Mief des Bösen brachte mich zum Husten. »Das ist ein Zauber.«

»Ja.« Der Ordensbruder stank nach Angst und geistigen Getränken. Sein gebrochener Arm baumelte nutzlos an seiner Seite. »Mein Meister wird bald hier sein. Wenn du mich jetzt tötest, wird er mich rächen. Wenn du mich laufen lässt, wird er gnädig sein.«

Das war der Zauber, von dem ich gesprochen habe, meldete sich Rolf in meinem Kopf. *Ein Rufzauber für den Herrn des heiligen Mannes. Ein Warnsignal, um den Totenkönig auf unseren Angriff aufmerksam zu machen.*

Ich schmunzelte freudlos. »Deinem Meister ist einerlei, ob du lebst oder stirbst. Durch deinen Tod bekommt er einen weiteren Sklaven. Seine Magie unterjocht sogar die Toten seinem Willen.«

Die Angst, die im Geruch des Ordensbruders aufflammte, verriet mir, dass es stimmte.

»Wir fesseln dich, um auf ihn zu warten«, sagte ich.

»Nehmt mich mit.« Er leckte sich die Lippen. »Ich kann euch nützlich sein. Ich werde stattdessen euer Sklave. Ihr könnt die Frauen haben.«

Wieder durchzuckte mich Wut. »Wir nehmen die Frauen so oder so mit.« Ich gab Rolf mit der Hand ein Zeichen. *Bring sie weg. Ich will nicht, dass unsere Gefährtin das sieht.*

Rolf verlagerte den Griff um die Frau, und sie wimmerte. Ihre Schreie stachelten die Bestie an, und ich kämpfte um die Kontrolle.

»Aufhören«, herrschte ich meinen Kriegerbruder an. »Du musst behutsam sein. Tu ihr nicht weh.«

Ich bin nicht derjenige, der ihr wehtut. Mein Kriegerbruder zog die Ärmel der zierlichen jungen Frau zurück. Blutergüsse übersäten ihre Arme, einige blau über gefleckten, grünlich-gelblichen älteren Malen.

»Wer hat dir das angetan?«, wollte ich halb brüllend von der Frau wissen.

Halt dich zurück, Thorbjorn. Du verängstigst sie.

»Wer hat Hand an dich gelegt?«, fragte ich in ruhigerem Ton.

Sie presste die Lippen zusammen, aber ihr Blick schnellte zum Ordensbruder.

Ich wirbelte zu dem dicken Mann herum, der in der Ecke kauerte. »Du bist tot.«

»Nein«, stieß er winselnd hervor. »Nein.«

»Nein«, ertönte eine sanftere Stimme hinter mir. Die Frau stieß sich von Rolf ab. Er ließ sie aus eigener Kraft stehen, behielt die Arme jedoch behutsam um sie gelegt.

»Bitte ... töte ihn nicht«, flehte sie mich leise an.

»Er hat dir wehgetan.« Der Idiot hatte Spuren an den

zierlichen Armen meiner Gefährtin hinterlassen. Er verdiente es, in Stücke gerissen zu werden. Ich fuhr mir mit der Hand übers Gesicht und zwang mich, ruhig zu bleiben. Meine Finger zitterten. Die Bestie in mir verlangte heulend nach Gerechtigkeit.

»Er ist kein böser Mensch«, behauptete die junge Frau. »Zumindest will er keiner sein.«

»Ja, danke, Salbei«, murmelte der Dickwanst.

»Du schweigst gefälligst!«, befahl ich ihm scharf.

»Er weiß es nicht besser«, fuhr Salbei fort, obwohl ihr Tränen über die Wangen liefen. Ich würde dem heiligen Mann die Knochen brechen – einen Knochen für jeden ihrer blauen Flecke.

»Er hat Hand an dich gelegt und dein Leben bedroht«, sagte ich. »Niemand bedroht eine Berserker-Braut und überlebt es.«

Sie erbleichte.

»Deine Barmherzigkeit beschert ihm einen sauberen Tod«, fügte ich hinzu.

»Nein, bitte nicht!«, quiekte der heilige Mann. »Gnade.«

Ich schenkte ihm keine Beachtung und sprach weiter mit Salbei. »Wie lange fasst er dich schon an? Hast du ihn zu den Berührungen ermutigt?«

Sie spannte den Körper an wie ein Kaninchen, das ein Raubtier wittert.

Vorsicht, Thorbjorn, warnte Rolf. Er zog die kleine Frau näher an seinen muskelbepackten Körper, doch sie schien es nicht zu bemerken. *Ihr Geist ist von Angst vernebelt. Womöglich versteht sie deine Frage nicht.*

»Hast du gewollt, dass er dich berührt?«

Sie ließ den Kopf hängen. »Nein«, flüsterte Salbei.

»Sie entscheidet«, sagte ich zum Ordensbruder. »Sie entscheidet, was für einen Tod du verdienst.«

»Nein.« Rolf presste das Wort mühsam heraus. Als
Mensch zu sprechen, fiel ihm so kurz nach einer Verwandlung immer schwer. »Zwing sie nicht zu wählen. Sie hat
genug gelitten.« *Der Tod ist kein Geschenk, das wir unserer
Gefährtin unterbreiten sollten.*

Bring sie hinaus in den Gang, gab ich zurück.

Kaum hatte er sie rückwärts außer Sichtweite gezogen,
warf ich den Kopf in den Nacken und brüllte meinen Zorn
der Decke entgegen.

Thorbjorn? Ein anderer Berserker verband sich mit
meinen Gedanken. Brokk. *Hast du den heiligen Mann?*

*Ja. Er hat die Frauen angefasst, sie verletzt. Er steht kurz
davor zu sterben.*

Ich stapfte vorwärts und ragte über dem Priester auf.
Der Gestank seiner Angst vermischte sich mit dem
beißenden Mief menschlicher Ausscheidungen. Er hatte
sich besudelt.

»Sag mir die Wahrheit«, forderte ich ihn knurrend auf.
»Hast du gewusst, dass sie deine Berührungen nicht wollte?«

Mit einem matten Aufschrei stürmte er mir entgegen.
Ich trat beiseite, fing seinen Kopf ab und brach ihm das
Genick. Ein sauberer Tod. Mehr, als er verdiente. Als ich
den Raum verließ, warf ich einen letzten Blick auf den
zusammengesackten Leichnam.

Brokks Ruf ertönte über die Rudelbindung. *Der Totenkönig! Er kommt!*

»Wir haben uns zu lange aufgehalten!«, brüllte ich zu
Rolf. »Lauf!«

9

ROLF

Schreie hallten durch das Kloster, doch die Frau in meinen Armen blieb still, während ich sie mit mir zog. Ein tapferes kleines Ding. Die Bestie hatte gut gewählt.

»Wir müssen weg«, sagte ich zu ihr. »Ein großes Übel naht und wird nicht eher aufhören, bis es dich besitzt.« Meine Stimme klang rau vor zu wenig Gebrauch.

Thorbjorn näherte sich hinter uns mit den golden leuchtenden Augen der Bestie auf der Jagd. Ich hätte die Frau ja an ihn weitergereicht, aber eine Berührung seines Geistes verriet mir, dass in ihm mühsam gebändigte Raserei brodelte. Es würde noch genug Zeit für ihn bleiben, sie festzuhalten und sich an ihr zu erfreuen, wenn wir es lebend weg von diesem Ort schafften.

»Hier entlang«, sagte er mit knurrendem Unterton und brach eine Tür auf. Ich hob mir Salbei auf die Arme und rannte.

Woher kennst du diesen Weg?, fragte ich, als Thorbjorn uns einen dunklen Gang entlangführte.

Knut hat seine Braut Hasel über die nützlichsten Wege durch das Kloster befragt. Sie ist mit den anderen Holzmouwas *hier aufgewachsen.*

Wir bogen um eine Ecke und gelangten zu einem großen Saal.

Thorbjorn fluchte, als er gegen eine hohe Statue stieß. Mit einem mächtigen Scheppern kippte sie zu Boden.

Hier gibt es Gold. Mir fiel der Schimmer auf dem Altar vorne im Saal ins Auge. *Jede Menge.*

Alles Gold, das ich will, hältst du in den Armen. Er nickte in Richtung des hellhaarigen Kopfs, der an meiner Brust ruhte. Seine Stimme klang zwar ruhig, doch ich wusste, dass die Gewalt nur darauf wartete, aus ihm hervorzubrechen. Ich drückte meine süß duftende Last fester an mich, als wir durch die großen Klostertüren hinaus auf die Straße stürmten.

Ein kalter Wind fegte den Weg entlang.

»Der Totenkönig kommt, um seine Bräute zu holen«, murmelte Thorbjorn. »Ich habe dem Rest des Rudels gesagt, sie sollen sich verteilen. Wir müssen dafür sorgen, dass den *Holzmouwas* nichts passiert.«

Dann lass uns in den Wald fliehen. Obwohl es mit ihr in den Armen beschwerlich wird.

»Dann die Straße hinauf«, schlug Thorbjorn vor. »Zum Dorf. Wir bleiben bis zum Morgengrauen auf diesem Weg, dann suchen wir Deckung.«

Unsere Füße pochten im Takt des rasenden Herzens der jungen Frau auf die Straße. Sie schmiegte sich an mich, so still, dass ich fürchtete, sie könnte jeden Moment aufhören zu atmen.

»Fast da, Kleines«, murmelte ich. »Du bist bald in Sicherheit.« Ich gestattete mir, den Duft ihres Haars einzuatmen. Das beruhigte die Bestie, genau, wie Thorbjorn gesagt hatte.

Geht es ihr gut?, wollte mein Kriegerbruder wissen. Er klang wieder beherrschter, mehr wie er selbst. *So ein stilles kleines Wesen.*

Sie muss einen Schock haben.

Anspannung trat in seine Züge. *Wir müssen sie weit von hier wegbringen. Sie wird feststellen, dass sie bei uns in Sicherheit ist.*

Sie wird es merken, pflichtete ich ihm bei. Ich beschleunigte die Schritte und bewegte mich fließend, um mein kostbares Bündel nicht durchzuschütteln. Thorbjorn rannte mit der Axt im Anschlag voraus, gewappnet für einen unvorhergesehenen Angriff.

Meinst du, die Dorfbewohner könnten über uns herfallen?

Keine Ahnung. Seine Lippen verzogen sich zu einem verkniffenen Lächeln. Er wusste, dass ich scherzte. *Wir sollten für alles gewappnet sein, was der Totenkönig heute Nacht versuchen könnte. Er wird seine Bräute nicht mir nichts, dir nichts aufgeben.*

Die Frau in meinen Armen rührte sich. »Was machst du denn? Wohin bringst du mich?«

»Wir sind unterwegs in Sicherheit. Eine böse Macht verfolgt uns.«

»Warte.« Thorbjorn blieb stehen. Er neigte den Kopf in den Wind und schnupperte. »Riechst du es?«

Blut, sagte ich. *Und Tod.*

10

THORBJORN

Nimm sie. Rolf kam mit der jungen Frau in den Armen auf mich zu. Als ich zögerte, streckte er sie mir ungeduldig entgegen. *Ich bin unser bester Kundschafter. Ich kann mich umsehen, ohne mögliche Feinde zu warnen. Wir müssen wissen, was der Totenkönig treibt.*

Wir müssen fliehen. Ich hielt nicht viel von Rückzug, doch die Weisheit sagte mir, was für die Sicherheit unserer Gefährtin am besten wäre. Wir mussten sie um jeden Preis beschützen.

Wir können nicht fliehen, bevor wir wissen, wo die Gefahr lauert.

Ich bin im Augenblick zu gefährlich, protestierte ich. Es juckte mich in den Fingerspitzen, mich zu verwandeln. Wenn die Raserei über mich hereinbräche, würde ich zu einem Monster mit dunklem Fell und Klauen. Meine Sicht würde sich rot färben, mein Geist würde sich leeren. Als es das letzte Mal geschehen war, erwachte ich danach umgeben von einem Gemetzel. Alle um mich herum waren tot.

Ich wollte das Geschenk nicht zurückweisen, das mir die

Göttin unterbreitet hatte, aber ich verdiente keine Frau. Zwar konnte ich sie vor jeglichen Feinden schützen, nicht jedoch vor mir selbst.

Ich kann nicht, Rolf. Ich könnte die Kontrolle verlieren.

Dann solltest erst recht du dich um sie kümmern. Du hast es selbst gesagt: Sie besänftigt die Bestie.

Er übergab mir seine leichte Last, bevor ich weitere Einwände erheben konnte. Dann schüttelte er sich und verwandelte sich in einen Wolf.

Übernimm sie und bleib hier. Ich komme zurück.

Ich drückte die Frau an mich und kauerte mich hinter einen Felsbrocken am Straßenrand.

Dann entsandte ich über die Rudelbindungen die Sinne zu meinen Kriegerbrüdern. *Wo seid ihr?*

Die Stimmen trudelten schwach und abgehackt über die Verbindung bei mir ein. *Der Totenkönig hat uns aufgespürt ... flüchten ...*

Zähneknirschend nahm ich Verbindung mit den Alphas auf.

Thorbjorn? Daegan antwortete, der Beta des Rudels. Seine Stimme floss wie berauschender Met über die Verbindung. Stärke strömte in mich. Die Alphas konnten ihre Macht sowohl mit dem Rudel teilen als auch Kraft von uns allen beziehen. Sie konnten sich über die Rudelbindungen mit uns allen verständigen. Deshalb war entschieden worden, es wäre besser, wenn die Alphas in der Sicherheit unseres Zuhauses auf dem Berg blieben, statt uns zu dem Feldzug zu begleiten.

Außerdem hatten sie ihre Gefährtin bereits, während wir es kaum erwarten konnten, unsere Frauen zu finden.

Es stimmt etwas nicht, berichtete ich Daegan. *Der heilige Mann, der Aufseher der Waisen – er hat einen Zauber gewirkt, um den Totenkönig zu verständigen. Ich fürchte, er will uns davon abhalten, unsere Gefährtinnen mitzunehmen.*

Verstanden. Verschwindet vom Kloster. Haltet euch von den Hauptstraßen fern. Ich sage den anderen, sie sollen sich verstecken. Seine Stimme schwankte, als eine große Kraft die Verbindung erschütterte. Ein kalter Wind, angeschoben von unsichtbarer Hand. Nur ein einziges Wesen, das wir kannten, besaß genug Macht, um die Rudelbindungen zu stören.

Der Totenkönig.

Ein Schauder durchlief mich, als Schmerz durch die Verbindung zuckte. Ob der Angriff auf meiner Seite oder auf der von Daegan erfolgte, wusste ich nicht, aber es spielte auch keine Rolle. Mit pochendem Schädel konnte ich die Verbindung zu ihm nicht aufrechterhalten. *Verstanden,* brachte ich noch heraus, bevor sie abbrach, als hätte ein Zauber sie durchtrennt.

Ich drückte die Frau enger an mich.

Rolf? Ich zuckte zusammen, aber die Verbindung zu meinem Kriegerbruder blieb stark, fühlte sich nach den Jahrzehnten der Nutzung angenehm vertraut an.

Ich höre dich, antwortete Rolf. *Ich bin fast im Dorf, aber irgendetwas stimmt hier nicht. Bring die Frau nicht in diese Richtung.*

Seufzend ließ ich mich zum Warten nieder. Die Frau gab ein leises Protestgeräusch von sich.

»Still, Kleines«, flüsterte ich, und ihr Wimmern verstummte. Ich schmiegte sie näher an mich. Wie lange war es her, dass ich zuletzt eine Frau gehalten hatte? Länger, als ich mich zurückerinnern konnte. Sie war so weich und warm, ihr Duft so süß. Ich hätte nie gedacht, dass ich jemals jemanden wie sie in den Armen halten würde.

»Warum macht ihr das?« Sie ließ die Augen zu Boden gerichtet, und ihre Stimme klang zittrig. Sie hatte gesagt, dass sie Salbei hieß. Eine Pflanze. Sie roch nach Garten, Blumen und Honig. Unter ihrem dünnen Gewand zeichneten sich ihre Brustwarzen in der kühlen Nachtluft verhärtet wie Kiesel ab. Es wäre so einfach, den Stoff wegzureißen und die darunter verborgenen Geheimnisse zu entblößen.

»Du gehörst jetzt zu uns«, teilte ich ihr mit und rieb ihre Arme, um die Gänsehaut darauf verschwinden zu lassen. Sie fügte sich und senkte den Kopf. Ich wollte sie an mich drücken, sie einatmen, bis mich ihr Duft umfinge, ihr sagen, dass sie jetzt und für immer in Sicherheit war.

»Das verstehe ich nicht«, murmelte sie.

Ich neigte ihr Gesicht dem meinen zu. Beim Mond, ich konnte ihr nicht widerstehen. Wir befanden uns auf der Flucht, dennoch wollte ich sie küssen, sie hinlegen und ihr Vergnügen bereiten. Diese Frau verkörperte eine Mischung aus Unschuld und Entschlossenheit. Sie war im Angesicht von Gefahr völlig ruhig geblieben. Es gab nicht einmal viele Männer, die dazu imstande wären.

»Du musst dich nicht fürchten, Salbei.« Ich wollte ihren Namen ausprobieren, und als sie den Kopf hob, brüllte die Bestie in mir triumphierend. Rastlos lief sie in mir auf und ab, gierte nach Aufmerksamkeit, nach Anerkennung.

»Bitte lass mich gehen«, wimmerte die Frau.

Ich zog sie in meine Arme, ließ mich von ihrem Duft umhüllen wie von einem glänzenden Umhang. »Ruhig, Liebes«, murmelte ich und spürte, wie sie still hielt. »Etwas Böses ist hinter dir her, und wir haben gelobt, dich genauso zu retten, wie wir deine Freundin Hasel gerettet haben.«

Sie sog hörbar die Luft ein. »Hasel?«

»Ja, deine Freundin.«

»Sie lebt?«

»Sie ist mit meinem Freund Knut gepaart, einem großen Krieger.«

»Wie kann das sein?«, hauchte sie.

Ich legte ihr einen Finger an die Lippen. »Es wird alles ans Licht kommen, Liebes.«

Sie erzitterte unter meiner Berührung. Ich legte ihr eine Hand auf die Wange, drückte sie an mich und schützte sie gleichzeitig.

Nebel verdichtete sich auf der Straße. Er rührte sich und schien lebendig zu werden, kräuselte sich über den Weg, als wollte er uns jagen.

Beeil dich, Rolf. Das Wetter schlägt um.

Das ist nicht das Wetter. Es ist der Totenkönig. Wir sollten schnell weg von hier.

Im Wind, der durch die Bäume fuhr, lag ein fauliger Gestank. Der Moder der untoten Diener des Totenkönigs. Er musste die *Draugr* geschickt haben, um sich die *Holzmouwas* zurückzuholen.

Thorbjorn, lauf! Sie kommen die Straße hinauf. Draugr. *Die Grauen. Ich kann sie fühlen.*

Ich hob mir Salbei auf die Arme und schritt auf den Wald zu. *Niemand nimmt sie uns weg. Niemand.*

Sollen wir gegen sie kämpfen?

Nein, wenn es zu einem Kampf kommt, überlebt sie ihn vielleicht nicht. Wir müssen uns beherrschen und sie von den Grauen fernhalten. Wir müssen uns verstecken. Ich pflügte in den Wald.

Im Dorf ist etwas passiert. Ich rieche Tod und Blut.

Verschwinde von dort, Rolf.

Seine Antwort drang nur sehr schwach zu mir. *Ich bleibe und kämpfe ... Du musst mit unserer Gefährtin fliehen.*

Ich verlangsamte die Schritte, trat einen Stein aus dem Weg. *Rolf, du musst mitkommen. Ich gehe nicht ohne dich.*

Die Raserei überkommt mich. Rolfs Stimme klang rau und belegt von der Verwandlung. *Denk an unseren Pakt. Du beschützt sie.*

Fluchend rannte ich weiter durch den Wald, beugte den Oberkörper über Salbei, um zu verhindern, dass die Zweige sie peitschten. Wasser. Ich brauchte Wasser. Einen strömenden Fluss würden die Grauen nicht überqueren. Fließendes Wasser tilgte die Magie, die sie wiederbelebte.

Meine Verbindung mit Rolf franste aus, doch ich gab den Versuch nicht auf, ihn zu erreichen. *Flieh mit uns, du Narr. Sonst bezahle ich einen Skalden dafür, dass er überall auf dieser Insel ein Lied über deine Feigheit singt!*

Ich komme ...

Mit einem zufriedenen Brummen brach ich zwischen den Bäumen hervor. Das Mondlicht funkelte vor mir auf einem breiten, fließenden Gewässer. Nebel folgte uns, als ich die Böschung hinunterschlitterte und in den Fluss watete.

Die Frau japste und verstärkte den Halt ihrer Arme um meinen Hals. Als ich das Ufer einer Insel aus Sand und Schlick in der Mitte der Strömung erreichte, wurde sie lebendig.

»Hilfe!«, brüllte sie. Ihre Stimme hallte laut über den Fluss. Ihr Körper versteifte sich in meinen Armen, als sie sich aufrichtete.

Oben an der Böschung erschien eine Reihe von Männern, die den Weg herunter zum Fluss antraten, den wir gerade überquerten. Die Diener des Totenkönigs.

»Still«, warnte ich knurrend. »Das ist der Feind.«

Sie schrie nur noch lauter und winkte mit den Armen. Ich trug sie zum Ende der Insel, so weit wie möglich weg von den Grauen. Obwohl wir uns in der Mitte des breiten Flusses befanden, waren wir zu ungeschützt.

Beeil dich, übermittelte ich Rolf. *Sie kommen.*

Nebel strömte die Böschung herunter, folgte den Grauen, verhüllte sie. Ich stieß einen Fluch aus. Das war ein Feind, den ich nicht mit der Axt spalten konnte.

Gebrüll erschütterte die Luft, und mein Herz jauchzte bei dem Laut. Fell wuchs an meinen Armen, meine Nägel verlängerten sich zu Krallen.

Als ich Salbei runterließ, krabbelte sie weg und stieß atemlos hervor: »Was ist das?«

Rolf lief in Monstergestalt am Flussufer auf und ab.

»Mein Kriegerbruder. Er kämpft, um dich zu beschützen.« Die Verwandlung schnürte mir die Kehle zu.

Meine Sicht erlosch einen Lidschlag lang und erschien rot verfärbt wieder. Mit jedem Blinzeln befand ich mich dem Kampfgeschehen mehrere Schritte näher. Die Bestie übernahm mich wieder. Ich würde niemals frei sein.

Die Frau erschien vor mir. Ihr Gesicht schimmerte bleich im Mondlicht. Als sie mit Entsetzen im Gesicht von mir zurückwich, zeigte sich das Weiß in ihren Augen.

»Was bist du?« Als ich mich nach ihr streckte, schrak sie zurück. »Du bist ein Monster«, stieß sie atemlos hervor.

»Ja«, antwortete ich ihr. »Aber du musst dich nicht fürchten. Du bist vor allen Feinden sicher, denn wir sind die größten Monster, denen du je begegnen wirst.«

11

SALBEI

Zitternd vom kalten Wasser des Flusses stand ich wie angewurzelt da, als das Wesen über mir aufragte, das zuvor ein Mann gewesen war.

»Bleib ...«, brummte mir die Erscheinung entgegen. »Sicherheit.« Die Worte drangen aus einem unmenschlichen Mund. Dann drehte sich das Monster um und watete in die Richtung zurück, aus der wir gekommen waren.

Am Flussufer kämpfte eine andere Kreatur gegen die vorrückenden Ränge der Männer, indem sie knurrend mit wilden Klauenhieben um sich schlug. Die stummen, bleichen Wächter näherten sich dem Ufer eine Reihe nach der anderen.

Meine Schreie blieben mir in der Brust stecken, als die Monster brüllten und in ihre Angreifer pflügten, bis Körperteile gleich einem schaurigen Hagel herabprasselten. Durch das Mondlicht konnte ich das Gemetzel klar und deutlich beobachten.

Die von schwarzem Fell überzogenen Ungetüme knurrten und brüllten wie Tiere, während sie mit fließenden Bewegungen kämpften, die beinah wie ein Tanz anmuteten. Ihre Feinde sahen aus wie die Soldaten, die den Ordensbruder heimlich besucht hatten. Hasel hatte sie »die bleichen Wächter« genannt, denn ihre Haut war ungesund blass.

Weitere stumme Ränge marschierten zum Ufer herunter und griffen die Kreaturen an. Obwohl ihre Bemühungen hoffnungslos blieben, kamen sie weiter heran, stumm, mit ausdruckslosen Zügen. Sie bewegten sich wie Marionetten an Fäden. Der Mond erhellte die Gesichter der am Ufer kämpfenden Männer. Ich schnappte scharf nach Luft. Nicht alle waren bleiche Wächter. Einige der Männer erkannte ich aus dem Dorf. Waren sie gekommen, um mich zu retten?

Ich kletterte die Felsen hinunter zum Wasser, brüllte und winkte, doch sie schenkten mir keine Beachtung. Stattdessen warteten sie, hatten Sensen und Häutemesser in den Händen, als hätten sie sich mit ihren Werkzeugen notdürftig bewaffnet. Sie waren Bauern und Fischer, keine Krieger. Die Monster mit dem schwarzen Fell streckten sie mit schlichten, fast beiläufigen Hieben nieder. Dennoch marschierten sie vorwärts.

Aber warum? Die Monster waren so groß, dass sie mit ihren Gegnern leichtes Spiel hatten. Warum kamen die Männer des Dorfes, um mich zu retten? Und warum marschierten sie so gespenstisch schweigend?

Was konnte ich tun, um ihnen zu helfen?

Einige brachen aus den Rängen aus und kamen auf mich zu, indem sie sich weiter unten am Fluss Steine suchten, auf die sie klettern konnten. Ich richtete mich auf die Zehenspitzen auf und rief über das Wasser. »Ihr müsst weg!«, brüllte ich. »Lasst mich bei ihnen. Sie töten euch, wenn ihr näher kommt.«

Als sie trotzdem näher kamen, ließ mich das Mondlicht

die Züge der Männer genauer erkennen – ihre Haut wirkte schuppig und alt.

Ich verstummte. Irgendetwas stimmte nicht.

Einer der schweigenden Männer fiel ins Wasser und zischte. Er zuckte, als würde er gefoltert, bevor er erschlaffte. Seine Gefährten stapften achtlos über ihn hinweg, benutzten seinen leblosen Körper als Auftritt.

»Salbei!«, rief eines der Monster. »Bleib weg von ihnen!«

Der vorderste Mann sprang vom letzten Flussstein auf die Insel, wo ich stand. Etwas daran, wie er sich bewegte, wirkte ganz und gar falsch. Ich starrte ihm in die Augen, aber das Licht des Lebens darin war längst erloschen. Er stank, als würde das Fleisch auf seinen Knochen verfaulen.

Der Tote streckte sich nach mir.

»Hilfe!«, stieß ich quiekend hervor, dann noch einmal lauter: »*Hilfe!*«

»Lauf!«, rief mir eines der Ungetüme zu. Das andere Monster sprang in den Fluss und schwamm mit schnellen Zügen, die seinen schweren Körper kraftvoll durch das Wasser zogen.

Im Zurückweichen hob ich vom Boden einen Ast auf und schwenkte ihn. Meine Hände rutschten über die schleimige Rinde. »Bleib weg«, warnte ich den Toten. Er bewegte sich ruckartig, aber schneller als ich es für möglich gehalten hätte, als er mich angriff.

Von links warf sich ein schwarzer Schemen gegen den Wiederauferstandenen und stieß ihn geradewegs in die Klauen des zweiten Monsters. Die gekrümmten, weiß schimmernden Krallen stießen zu wie Messer und erledigten den seltsamen, bleichen Mann kurzerhand.

Sein Kopf rollte vor meine Füße.

»Komm.« Eines der Monster streckte sich nach mir. Schleim troff von der Pranke.

Ich wich weiter zurück, aber der Boden fiel unter meinen Füßen ab. Meine Lunge krampfte sich zusammen.

»Salbei.« Eines der Ungeheuer verwandelte sich, schrumpfte. Die Züge wurden wieder menschlicher. »In Sicherheit. Bei uns bist du in Sicherheit.«

»Nein«, krächzte ich und schwankte, als meine Sicht verschwamm. Ich konnte weder mit den Monstern noch mit den bleichen Wächtern gehen. Am liebsten wollte ich zurück ins Kloster, mich hinlegen und für immer schlafen. Zwar war es dort nicht sicher und vielleicht nie gewesen, aber wenigstens hatte es in meiner Welt keine Monster gegeben.

»Sie wird ohnmächtig. Fang sie auf«, sagte jemand mit grollender Stimme neben mir. Starke Arme legten sich um mich. Meine Füße hoben vom Boden ab. Zwei runde, goldene Lichter verfolgten mich, als ich in die Dunkelheit fiel.

ICH ERWACHTE JÄH. Kühle Luft wehte über mein Gesicht, und ich fragte mich, ob ich wie geplant draußen einge-schlafen war. Ich hatte einen überaus seltsamen Traum ...

Wärme umhüllte mich. Unter der Wange spürte ich dichtes Fell. Ich wollte liegen bleiben und mich von der angenehmen Wärme zurück in den Schlaf tragen lassen.

Mein Kissen hob und senkte sich. Es atmete.

Erschrocken setzte ich mich auf und starrte in die Augen eines Wolfs.

Ich schrak zurück. Ein Schrei blieb mir im Hals stecken.

»Nicht, Mädchen«, sagte eine raue Stimme. »Es ist alles gut.« Der bärtige Krieger kauerte in der Nähe und streckte die Hand aus, als wollte er mich beruhigen.

Der Wolf stand auf, und ich erstarrte.

»Wo bin ich?«, fragte ich mit krächzender Stimme. »Was ist passiert?«

Der bärtige Krieger beugte sich mit einem Feuerstein in der Hand wieder über den Haufen aus Stöcken. »Wir sind im Inneren eines Hügels. In einer Höhle, die wir gefunden haben, indem wir dem Fluss gefolgt sind. Die Grauen mögen kein Wasser.« Während ich diese Auskunft verarbeitete, zündete er das Feuer an.

Das Kloster, von Kriegern überrannt. Ein Lauf durch den Wald. Nebel, der über die Straße kroch. Dünne, bleiche Männer, die riesige Gestalten am Flussufer angriffen.

Es war kein Traum gewesen.

Ich rollte mich ein und schlang die Arme um die angewinkelten Beine.

Der Wolf beobachtete mich mit stetem Blick.

»Ich bin Thorbjorn.« Der kniende Krieger klopfte sich die Hände ab und griff nach einem kleinen Beutel auf dem sandigen Boden. »Der Wolf ist Rolf. Er will dir nichts tun. Er mag dich.«

Ich schluckte mehrmals, um den Mund zu befeuchten. Der Krieger sprach von dem Wolf, als wäre er ein Mann. Er musste wahnsinnig sein.

Dann erinnerte ich mich daran, wie der Wolf seine Gestalt veränderte, sich vor meinen Augen in einen schlanken, aber muskelbepackten Mann verwandelt hatte. Vielleicht hatte auch ich den Verstand verloren.

Als sich meine Augen an die Dunkelheit gewöhnten, erkannte ich den sandigen Boden und die feuchten Wände der Höhle. Wasser floss an uns vorbei, nur wenige Schritte von dort entfernt, wo wir hockten. Feuchte Luft strich über mir hinweg. Ein fauliger Geruch lag darin.

Als ich hustete, bot mir der Krieger einen Wasser-schlauch an.

»Trink, Kleines. Bald habe ich für dich etwas zu essen.«

Wenn mich der Krieger töten wollte, müsste er dafür nicht das Wasser vergiften. Ich trank ausgiebig. Als er mir jedoch einen Streifen Trockenfleisch anbot, schüttelte ich den Kopf.

»Ich kann nicht.« Gleichzeitig presste ich mir eine Faust in den Bauch.

Er runzelte zwar die Stirn, nickte ab.

Der Wolf winselte.

»Keine Sorge«, sagte Thorbjorn zu ihm. »Wir haben noch genug Zeit, sie aufzupäppeln.«

Ich versteifte den Körper. Hatte der Krieger etwa vor, mich an sein Haustier zu verfüttern? Aber dann hätte er wohl eher den Ordensbruder mitgenommen, nicht mich. Der heilige Mann war fetter. Ich entspannte mich ein wenig.

»Was hast du mit mir vor?«, fragte ich, während der Krieger das Feuer schürte.

»Jetzt gerade? Für deine Sicherheit sorgen und eine anständige Mahlzeit in dich bekommen. Die Alphas wollen, dass wir vorerst hier bleiben. Es könnte ein paar Tage dauern.«

Ein weiteres Husten drang aus meiner Kehle. Der Wolf und der Krieger wechselten einen besorgten Blick.

»Komm, setz dich näher ans Feuer, Kleines.«

Ich rührte mich nicht von der Stelle. So warm das Feuer aussah, der große Krieger, der daneben kauerte, war der einschüchterndste Mann, den ich je gesehen hatte. Nur war er in Wirklichkeit kein Mann. Denn ich hatte bezeugt, wie er sich in ein riesiges Ungetüm verwandelt hatte, größer als ein Mensch und bedeckt von schwarzem Fell wie ein Wolf.

Ich sah ihm in die Augen, die so golden leuchteten wie die der Kreatur am Flussufer.

»Ich beiße nicht.« Thorbjorn legte den Kopf schief. »Und Rolf auch nicht. Außer, du willst es.«

Ein schwindelerregender, ungewisser Rausch kam über mich – ich hatte mich vom schmalen Grat der Angst gelöst und fiel. Wieso schaufelte ich mir ein noch tieferes Grab? »Warum sollte ich wollen, dass ihr mich beißt?«

»Du wärst überrascht, was du alles wollen wirst, wenn dich die Paarungslust überkommt.« Er sah mich an, als wartete er auf weitere Fragen.

Ich schenkte ihm keine Beachtung, stand auf und bewegte mich steif zur anderen Seite des kleinen Feuers.

Der Wolf trabte hinter mir her, trug dabei ein Fell zwischen den Zähnen. Er legte es ab und wich zurück.

Ich zögerte.

»Ist schon gut, Salbei. Rolf will nur, dass du es gemütlich hast. Außerdem hat er den Boden sauber gemacht, damit nichts Scharfkantiges herumliegt, das dir in den Hintern piken könnte.«

Ein Stück entfernt bildeten Treibgut und Flussablagerungen einen Haufen. Der Sand unter meinen Füßen sah aus, als wäre mit Geäst über ihn gekehrt worden.

»Danke«, sagte ich zu dem Wolf. Wenn ich ihn wie einen Menschen behandelte, würde er mich vielleicht nicht beißen. Um einen Biss würde ich nie bitten, ganz gleich, was der wahnsinnige Krieger behauptete.

Thorbjorn schmunzelte. »Oh, falls er sein Herz nicht schon zuvor an dich verloren hatte, ist es jetzt passiert.«

Das war die merkwürdigste Unterhaltung, die ich je geführt hatte. »Im Kloster ... hat er sich in einen Mann verwandelt.«

»Ja. Es ist ein Fluch.« Thorbjorn zuckte mit den Schultern.

Nach einem Windstoß, der wie die Luft nach Regen roch, erhob sich der Wolf auf zwei Beine. Der Mann besaß dunkles Haar, dunkle Augen und sonnengebräunte Haut. Sein Körper erwies sich als hart, geformt wie eine Waffe und nackt bis auf einen Lendenschurz.

Dunkelheit schlich sich an den Rändern in meine Sicht. Ich geriet ins Wanken, musste die Hände auf die Beine stützen, um bei Bewusstsein und aufrecht zu bleiben.

»Hallo, Salbei«, grüßte mich der Halbnackte mit rauer, kratziger Stimme.

»Vorsicht, Mädchen.« Thorbjorn fing mich auf, als ich rückwärts fiel. Er hob mich auf seine Arme und drückte mich an seine Brust. Ich klammerte mich an ihm fest und betastete die zerrissenen Säume seiner Ärmel. Das musste passiert sein, als er seine Gestalt verwandelt hatte.

»Ich verliere gerade den Verstand«, brachte ich matt heraus. »Oder ich träume.«

»Du bist nicht verrückt.« Thorbjorns tiefe Stimme vibrierte durch mich.

»Es ist alles gut«, beteuerte Rolf. »Ich werde dir niemals wehtun.« Er rückte näher. Ich schrak zurück, doch an Thorbjorns Brust gedrückt gab es keine Flucht für mich.

»Schhh«, beruhigte mich Thorbjorn mit den Lippen dicht an meinem Ohr. Er verstärkte den Griff um mich, verlagerte mich aber so, dass mich Rolf mühelos berühren konnte.

Der Mann, der ein Wolf gewesen war, beugte sich über mich. Sein Gesicht war glatt rasiert, was ich merkwürdig fand. Sollte er nicht behaart wie ein Wolf sein?

»Sieh ihn an, Salbei«, murmelte Thorbjorn. »Berühr ihn. Er ist so real wie du und ich.«

Zögerlich streckte ich die Hand aus und fuhr mit den Fingern Rolfs Wangenknochen nach. Er schloss die Augen. Seine Wimpern legten sich auf die braune Haut, schwarz und lang wie die einer Frau.

Schaudernd ging ein Seufzen durch mich. Eingekeilt zwischen den beiden Männern atmete ich ihren wilden, holzigen Geruch ein. Ihre Wärme sickerte in mich.

»Siehst du? Wir wollen dir nichts tun«, sagte Thorbjorn und schmiegte das Gesicht in mein Haar.

Ich ließ die Hand sinken. »Meine Freundinnen. Geht es ihnen gut?«

Widerwillig entfernte sich Rolf. Thorbjorn stellte mich auf die Beine.

»Sie sind beim Rest unseres Rudels. Ihnen wird kein Haar gekrümmt. Du musst keine Angst um sie haben, Salbei«, antwortete Thorbjorn.

Ich wich zurück, und die Krieger ließen mich gehen, wenngleich Thorbjorns Hand an meiner Seite blieb, um mich aufzufangen, falls ich fiele. Trotz aller Gewalt, die sie ausstrahlten, behandelten mich beide mit beachtlicher Sorgfalt.

Thorbjorns Blick fiel auf meine Arme. Unwillkürlich zog ich die Ärmel herunter und bedeckte die blauen Flecken.

»Was ist mit dem Ordensbruder?«, fragte ich.

Rolf knurrte. Sogar in menschlicher Gestalt lauerte das Raubtier in ihm dicht unter der Oberfläche.

»Über ihn sprechen wir nicht«, sagte Thorbjorn. Seine Augen funkelten im schwachen Licht.

Der Ordensbruder hatte um sein Leben gebettelt, als ich ihn zuletzt gesehen hatte. »Hast du ...«

Thorbjorn nickte. »Ein sauberer Tod.«

Ich sank auf das Fell. Eigentlich sollte ich mich bekreuzigen und für die Seele des Ordensbruders beten. Nur konnte ich mich nicht dazu durchringen.

Rolf ergriff eine Axt und ging. Ich kauerte auf dem Fell, während der bärtige Krieger mehr Holz ins Feuer legte. Der Rauch kräuselte sich in Richtung des Flusses davon.

Ich döste ein und erwachte, als ich husten musste. Nebel setzte sich in meiner Brust fest. Rastlose Träume suchten mich heim. Von Wölfen mit weißen Zähnen und golden leuchtenden Augen, die knurrend in den Schlafsaal der Waisen einfielen. Der Ordensbruder saß daneben und lachte und lachte. Sein Bauch war aufgerissen, als hätte ein wildes Tier von ihm gefressen.

Mit einem leisen Stöhnen erwachte ich.

Verlockender Bratenduft bewog mich dazu, mich aufzusetzen. Mir knurrte der Magen.

Der Wolf beobachtete mich wieder.

Erschöpfung saß mir immer noch tief in den Knochen. Ich war müde – nein, mehr als müde. Mir fehlte sogar die Kraft dafür, mich zu fürchten.

Die dichte graue Wolke, die durch die Höhle trieb, war kein Rauch, sondern Nebel.

Ein Stück Fleisch drehte sich auf einem grob geschnitzten Spieß.

»Gut.« Thorbjorn klang erleichtert. »Du bist wach. Rolf war für uns jagen. Du musst inzwischen hungrig sein.« Er riss ein Stück Fleisch samt Knochen von dem Braten ab.

»Hier, Rolf.« Er streckte dem Wolf das Ende mit dem Knochen hin, den das Tier zwischen die Zähne nahm. »Bring es ihr.«

Das Fleisch schmeckte gut. Ich riss es mit den Zähnen vom Knochen und leckte mir den Saft von den Fingern, bevor ich den Knochen auf den von Thorbjorn begonnenen Haufen warf.

»Mehr?« Thorbjorn beobachtete mich aufmerksam.

Ich nickte.

Wieder reichte er das Fleisch samt Knochen Rolf, der es mir brachte.

Beinah hätte ich darüber gelächelt.

»Fühlst du dich mit ihm als Wolf wohler?«, fragte Thorbjorn.

Ich wusste nicht, wie ich darauf antworten sollte. Bevorzugte ich den Krieger oder den Wolf?

»Streichle ihn, Salbei. Das wird ihm gefallen.«

Ich fuhr mit der Hand über sein dichtes Fell. Als ich aufhörte, stupste mich der Wolf, verlangte stumm nach mehr.

»Ich habe Hunde schon immer gemocht«, verriet ich.

»Bezeichne ihn nicht als Hund. Das ist eine Beleidigung. Aber nicht so schlimm, wie ihn ein Kaninchen zu nennen.«

»Ich würde dich nie ein Kaninchen nennen«, sagte ich zu dem Wolf. Er belohnte mich, indem er mir das Gesicht leckte.

Thorbjorn drehte den Spieß. Obwohl ich bereits gegessen hatte, beobachtete ich ihn mit hungrigem Blick.

»Du bist zu dünn, Kleines. Hat man dir im Kloster nichts zu essen gegeben?«

»Nicht so etwas.« Mir lief dermaßen das Wasser im Mund zusammen, dass es beinah schmerzte.

»Ich schicke Rolf noch einmal zum Jagen los. In der Zwischenzeit kannst du den Rest von diesem Fleisch aufessen.« Er drehte den Spieß weiter, überprüfte das gebratene Fleisch. »Dieser Bock war ein bisschen zäh. Nächstes Mal wird Rolf einen Fetteren holen. Du verdienst nur das Beste.«

Ich zog mir die Knie an die Brust und fragte mich, wie ich von Kriegern entführt werden konnte, die sich so gut um

ein erbärmliches Waisenkind kümmerten, die Dirne eines
heiligen Mannes.

»Salbei ist ein hübscher Name«, meinte der Bärtige, der
die Aufmerksamkeit zwischen mir und dem Braten teilte.

»Die Nonnen haben ihn mir gegeben. Sie haben alle
Waisen nach Pflanzen benannt. Zumindest alle von uns, die
als Säuglinge ins Kloster gekommen sind.«

»Passt zu dir. Ein bezaubernder Name für eine bezaubernde Frau.«

Ich zuckte zusammen. Nicht zum ersten Mal verfluchte
ich mein hübsches Gesicht. Ich drückte die Wange gegen
die Knie und schloss die Augen. Natürlich hätte ich damit
rechnen sollen, dass diese Männer meinen Körper benutzen
wollten. Aber irgendwie hatte mich ihre Freundlichkeit
davon überzeugt, ich wäre in Sicherheit.

Eine kalte Nase berührte meine Haut. Der Wolf stupste
mich erneut und schlängelte den großen, pelzigen Kopf
unter meinem Arm, bis ich ihn um seinen Hals legte.

»Bei uns bist du in Sicherheit«, versprach mir der bärtige
Krieger mit leiser Stimme.

Mit dem an mich geschmiegten Wolf, der die Wärme
seines Fells mit mir teilte, konnte ich beinah glauben, dass
es stimmte.

»Als Rolf und ich uns zum ersten Mal begegnet sind,
dachte ich, er wäre zu klein für einen guten Krieger. Ich
habe ihn zu einem Kampf herausgefordert. Innerhalb von
drei Minuten hat er mich besiegt. Zuerst dachte ich, es
müsste ein Versehen gewesen sein – bis er mir in der
nächsten gemeinsamen Schlacht das Leben gerettet hat.«
Unter dem Bart verzog sich Thorbjorns Mund bei der Erinnerung zu einem Lächeln. »Später habe ich ihm den
Gefallen vergolten. Willst du die Geschichte hören?«

Ich nickte.

»Er wurde von einer Hexe an einem Ort schwarzer Magie gefangen gehalten. Sie wollte ihn als ihren Hausgeist haben.«

Ein leises Winseln drang aus der Schnauze des Wolfs. Ich kraulte ihm die Ohren, um ihn zu beruhigen, und er legte sich hin.

»Ich habe ihn herausgeholt. Wir waren vom Rudel getrennt in der Wildnis. Er hat nur aus Haut und Knochen bestanden, konnte aber noch jagen. Wir haben so viel Wild erlegt, wie wir konnten, und ich habe gelernt, wie man über einem Feuer brät. Hat ein paar Tage gedauert, aber letztlich wurde ich so gut darin, dass ich ihn damit in Versuchung führen konnte.« Thorbjorn unterbrach die Schilderung, stocherte am Fleisch und riss ein Stück davon ab, um es zu kosten. »Aber ich habe nie versucht, Kräuter zu benutzen. Vielleicht hätte er schneller gegessen, wenn ich Salbei dazugetan hätte. Andererseits hätte er dann vielleicht Geschmack an dir gefunden.«

Scharf atmete ich ein, bis mir der Krieger zuzwinkerte. Er zog mich auf. Der Wolf leckte mir den Arm.

»Wie schmeckt sie?«, fragte Thorbjorn, und der Wolf kläffte.

»Keine Sorge, Kleines. Er bevorzugt Wildschwein. Ah, da ist ja ein Lächeln.«

Hastig senkte ich den Kopf, aber ich lächelte tatsächlich.

»Ich hoffe, davon noch mehr zu sehen. Vorerst haben wir noch mehr Essen.« Thorbjorn streckte eine dicke Keule mit Fleisch von sich. Der Wolf nahm sie behutsam zwischen die Zähne und brachte sie zu mir. Als ich die Keule nehmen wollte, zog er sie zurück.

»Lass dich von ihm füttern«, sagte Thorbjorn.

Der Wolf hielt die Keule fest, während ich Fleischstücke vom Knochen pulte.

»Fertig?«, fragte Thorbjorn.

Als ich nickte und beiden dankte, warf der Wolf den Rest meiner Mahlzeit in die Luft, fing sie auf und verschlang sie unter dem Knirschen von Knochen.

»Der heilige Mann hatte Glück, dass ich es nicht Rolf überlassen habe, sein Leben zu beenden«, murmelte Thorbjorn. Vermutlich hatte er es nicht für meine Ohren gedacht, aber ich hörte es trotzdem.

Ich drehte den Kopf weg und erbrach alles, was ich gerade gegessen hatte.

12

THORBJORN

»R uhig, ruhig«, sagte ich in sanftem Ton, während ich über Salbei gebeugt stand, die auf Händen und Knien kauerte. Sie übergab sich, weinte und übergab sich erneut, während ich ihr Haar hochhielt. Als sie fertig war, nahm ich sie in die Arme und wischte ihr den Mund mit dem Rand meines zerrissenen Wamses ab.

Idiot. Rolf warf den Wolfskopf herum.

Du hast recht. Wir müssen vorsichtig sein. Wir haben so viel gesehen. Sie hingegen ist so unschuldig.

Ihr Schniefen schlug in ein Husten um.

Die feuchte Luft hier ist nicht gut für sie.

Graue treiben sich in der Gegend herum. Wir sitzen eine Weile fest.

»Hier.« Ich wickelte sie in das Wolfsfell. »Du musst dich warm halten.«

»Was habt ihr mit mir vor?« Ihr kleiner Körper zitterte. »Du hast gesagt, meine Freundinnen sind in Sicherheit.«

»Das sind sie. So sicher, wie sie sein können. Du wirst uns einfach vertrauen müssen.«

»Es gefällt mir hier nicht.« Salbei schauderte. Ich

verstärkte den Griff um sie. Unsere Frau war so klein und süß, jedoch zu zerbrechlich für meinen Geschmack. Es lag viele Jahre zurück, dass ich mich zuletzt um jemanden gekümmert hatte, doch für sie wollte ich versuchen, mich daran zu erinnern.

»Wir müssen uns eine Zeit lang hier verstecken.«

»Warum?«

»Ein böser König ist hinter dir her. Er will dich uns wegnehmen.«

»Warum? Was habe ich getan?«

»Es geht nicht darum, was du getan hast, sondern darum, was du bist.«

Ein freudloses Lachen erschütterte ihren Brustkorb. »Eine Waise?«

»Du bist mehr als eine Waise. Aber darüber unterhalten wir uns ein anderes Mal. Schlaf jetzt«, sagte ich zu ihr. Zu meiner Überraschung tat sie es.

Es ließ sich nicht abschätzen, wie lange wir dort in der Dunkelheit saßen und warteten. Salbei döste, und ich war glücklich, dass sie sich bei mir so wohl zu fühlen schien. Unsere Frau schlief unruhig. Ich zuckte jedes Mal zusammen, wenn sie hustete.

Sie wird krank.

Der Nebel. Er ist das Werk des Totenkönigs. Er schadet den Holzmouwas.

Wir sollten bald weg von hier. Die feuchte Luft tut ihr nicht gut.

Bald. Wenn sich keine Grauen mehr herumtreiben.

Dünne Lichtstrahlen drangen durch Ritzen in der

Höhlenwand herein. Rolf hob den Kopf. *Draußen wimmelt es von Grauen.*

Berserker, die sich verstecken, statt sich in den Kampf zu stürzen. Das ist nicht richtig.

Wir müssen an jemand anderen denken, rügte mich Rolf.

Er hatte recht. Wenn wir etwas unternähmen, würden wir Salbei vielleicht in Gefahr bringen. Das Wagnis konnten wir nicht eingehen.

Salbei stöhnte erneut.

Thorbjorn, du musst dafür sorgen, dass sie still ist.

Ich legte die Lippen an ihr Ohr und flüsterte: »Du bist bei uns in Sicherheit, Liebes. Du musst dich nicht fürchten. Du wirst nie wieder allein sein.«

13

ROLF

Während mein Kriegerbruder die kleine Frau tröstete, dachte ich an all die Nächte, in denen die Bestie in mir geheult und mit ihrem Blutdurst an meinem Innersten genagt hatte.

Es ist fast vorbei, Rolf, sagte Thorbjorn über unsere durch ein Jahrhundert der Nutzung gestärkte Gedankenverbindung zu mir.

Ich begegnete dem Blick meines Kriegerbruders. *Im Kloster* dachte ich, *du würdest die Kontrolle verlieren.*

Hätte ich auch fast. Du kennst den Eid, den ich geschworen habe. Wenn meine Bestie meinen Geist überwältigt, bevor wir uns mit einer Gefährtin gepaart haben, musst du mich töten.

Ich weiß. Ich habe denselben Eid abgelegt.

Ich verwandelte mich. Durch die Magie blieb ein Wolfsfell um meine Schultern zurück. Ich nahm es ab und ließ es neben Thorbjorn fallen, damit er unsere kleine Gefangene darin einwickeln konnte. Prompt schlang er das Fell um ihre zierliche Gestalt, behandelte sie so zärtlich wie ein Vater sein Kind.

Ich verschränkte die Arme vor der Brust, wich zu einem

Felsblock zurück und lehnte mich daran. Als ich daran zurückdachte, wie weich und warm Salbei war, glaubte ich nicht, dass ich mich je dazu durchringen könnte, sie zu berühren. Der Wolf schon, aber ich nicht.

Wie ist es möglich, dass uns ein so kleines, zerbrechliches Geschöpf retten kann?, grübelte Thorbjorn. *Wir sind stärker als jedes andere Wesen auf der Erde, können uns aber nicht beherrschen. Dafür brauchen wir die Sanftheit einer Frau.*

Ich schüttelte den Kopf. *Das verstehe ich nicht.*

Ich auch nicht, Rolf, aber wir haben es gesehen. Unsere Alphas haben Anspruch auf ihre Frau erhoben, und das gesamte Rudel konnte hoffen. Thorbjorn legte die Hand auf ihre Stirn. *Hier ist unsere Hoffnung. Sie hält unser Leben in den kleinen Händen.*

Ich schloss die Augen und presste den Rücken an den Felsblock. Thorbjorn war ein guter Krieger. Er kämpfte schon lange an meiner Seite. Wir hatten viele Hörner voll Met miteinander geteilt und viele Geschichten ausgetauscht. Hatten zusammen in Nächten gelitten, in denen die Bestie nach Blut geheult hatte und einfach nicht schweigen wollte. Aber ich musste ihm die Wahrheit sagen.

Ich beneide dich, Bruder, verriet ich. *Du bist dir so sicher. Ich habe längst alle Hoffnung verloren.*

Dann vertrau mir. Die Nacht ist fast vorbei. Ich habe genug Hoffnung, um uns beide bis zum Morgengrauen zu bringen.

14

THORBJORN

Als die Morgendämmerung einsetzte, kämpfte sich graues Licht in die Höhle.

Ich gehe kundschaften. Rolf erhob sich.

Vorsicht, Bruder.

Ich legte die Frau auf die Felle und ergriff ein Tuch, um es in den Fluss zu tauchen. Das Wasser war kalt. Ich wünschte, ich könnte es wärmen, um die Frau zu baden. Ich kniete mich neben sie und wickelte ihre schmutzigen Beine aus den Fellen. Stirnrunzelnd betrachtete ich die blauen Flecken an ihren Armen.

Sie ist misshandelt worden, berichtete ich Rolf. *Wir müssen langsam vorgehen und ihr Vertrauen gewinnen.*

Wir sorgen für sie und lassen nicht zu, dass ihr je wieder wehgetan wird.

Angesichts der Wut, die in meiner Brust pulsierte, konnte ich nur hoffen, dass es stimmte.

Blinzelnd schlug sie die Augen auf.

»Was machst du da?«, fragte sie wimmernd.

»Dich waschen, Liebes. Ich will dir nichts tun.«

Ich wartete auf ihr Nicken, bevor ich einen Fuß nach dem anderen anhob, um ihn sauber zu wischen.

Misstrauisch beobachtete sie mich und zuckte bei meinen Berührungen zusammen.

Ich teilte den Anblick mit meinem Kriegerbruder.

Der Geist des Ordensbruders ist noch in ihrem Kopf, meinte er.

Was kann ich tun? Als ich mich erhob, widerstrebte mir zutiefst, wie sie zurückschreckte. *Ich kann ihn nicht noch einmal töten. Wie sollen wir gegen einen Geist bestehen?*

Rolf erwiderte nichts. Ich wusste, dass er an seine eigenen Geister dachte.

»Warum wolltest du den Ordensbruder beschützen?«, dachte ich laut nach. Mit einer Antwort rechnete ich nicht.

Mit einem Ruck drehte sie den Kopf von meiner Berührung weg. Schatten fielen über ihr Gesicht. »Er ist auch ein Opfer.«

Mühsam schluckte ich ein Knurren hinunter. Ich wollte nicht, dass meine Gefährtin an irgendeinen anderen Mann als meinen Kriegerbruder und mich dachte. »Er hat dir wehgetan.«

»So, wie ihm wehgetan wurde«, gab sie zurück. Ihr überzeugter Ton belustigte mich, bis mir einfiel, dass sie einen Toten verteidigte. Einen Toten, der es verdient hatte zu sterben.

»Er hat sich für den Weg des Bösen entschieden. Er hat dir wehgetan, und er hat dem Totenkönig gedient. Wir wissen, dass der heilige Mann mit dem Totenkönig unter einer Decke gesteckt hat, um die *Holzmouwas* zu horten und an ihn zu verkaufen.«

Eine kleine Falte erschien auf ihrer Stirn, als sie darüber nachdachte. »Du hast gesagt, ihr kennt Hasel.«

»Ja. Sie ist aus dem Hort des Totenkönigs entkommen.

Einer der Berserker hat sie gerettet und zur Gefährtin genommen.«

Salbei verstummte und kaute auf der Unterlippe.

Rolf kam herein und deutete auf das Feuer. *Mach das aus.*

Wir traten Sand auf die Flammen.

Der Nebel draußen ist genauso dicht wie der Gestank der Grauen. Aber es gibt einen Weg hindurch. Wir müssen bereit sein.

»Wir brechen bald auf«, teilte ich Salbei mit.

Mit einem kleinen Nicken erhob sie sich, löste ihren Zopf und schüttelte ihr Haar aus.

»Salbei?«

»Du hast gesagt, dass Hasel zur Gefährtin genommen wurde. Ich will wissen, was aus mir werden soll.«

»Gern. Es soll keine Lügen zwischen uns geben. Du bist jetzt hier bei uns, weil unsere Bestie dich zur Gefährtin auserkoren hat.«

Leichte Röte trat in ihre Wangen, Neugier färbte ihren Geruch. »Was bedeutet das?«

»Es bedeutet, dass wir uns um dich kümmern. Dich wie eine von uns behandeln.«

»Ihr beide?«

»Wir beide. Nachdem wir viele Jahre lang zusammen gekämpft haben, stehen wir uns näher als Brüder und helfen uns gegenseitig, unsere Natur zu kontrollieren. Wir sprechen und handeln übereinstimmend.«

»Du sagst, ich soll eure Gefährtin werden. Ist das wie eine Ehefrau?«

»Wie eine Ehefrau und doch auch mehr als eine Ehefrau. Eine Liebe für immer.« Ich konnte den Blick nicht von ihr lösen, sie aber schlug die Augen nieder.

»Na schön«, flüsterte sie mehr zu sich selbst als zu uns.

Damit zog sie ihr Gewand aus und ließ es vor ihre Füße

fallen. Die Veränderung ihres Geruchs erschreckte mich. Keine Erregung.

Verzweiflung.

Ich richtete mich halb auf. »Was machst du da?«

»Ich bin bereit«, erklärte sie leise und schlang die Arme um den so zierlichen Körper. Ihre kleinen Nippel richteten sich durch die Kälte in der Höhle auf. Sie zitterte am ganzen Leib.

Rolf sah mich an, und ich schüttelte den Kopf.

»Nein, Mädchen.« Ich hob ein Fell auf, ging zu ihr und wickelte sie fest darin ein.

Sie starrte auf die Mitte meiner Brust. »Bin ich nicht, was ihr wollt?«

»Doch, aber nicht so. Niemals so.« Ich zog das Fell enger, bis sie die Enden ergriff und es selbst festhielt. Allerdings konnte ich mich nicht davon abhalten, die Hand auf ihre Wange zu legen und sie zu mir zu ziehen, bis meine Lippen ihr Haar berührten. »Wir wollen warten, bis du bereit bist.«

Diesmal griff das Zittern, das ihren Körper durchlief, auf mich über.

»Geben wir dir noch etwas zu essen.«

15

SALBEI

Die Krieger behielten mich zwischen sich und boten mir Dörrfleisch zum Essen an. Ich würgte hinunter, so viel ich konnte, aber mein Hals war wund vom Unterdrücken des Hustens. Sie behaupteten, sie würden sich um mich kümmern, und ich wollte ihnen keinen Grund für die Entscheidung liefern, ich wäre die Mühe nicht wert. Wenn sie mich nicht bald nehmen könnten, würden sie mich dann töten?

»Salbei.« Der Bärtige nahm mit sanftem Griff mein Kinn in die Hand. »Woran denkst du gerade?«

Ich schüttelte den Kopf. »Verzeih mir. Ich bin schwach.«

Er zog mich in seine Arme. Ich wartete, doch er unternahm sonst nichts, hielt mich nur fest, so kraftvoll, dass ich fürchtete, meine Knochen könnten an seiner harten, warmen Brust brechen. »Ruhig, Liebes«, murmelte er und schmiegte das Gesicht an mein Haupt. »Ich erwarte nichts von dir. Du hast zu jung zu viel durchgemacht, und das stimmt mich traurig. Aber ich habe lange auf diesen Moment gewartet. Ich will dich nur festhalten.«

Die Ehrfurcht in seinem Ton brachte mich dazu, Tränen

zurückzudrängen. *Was bin ich töricht.* Er war mein Entführer. Ich sollte kein Mitgefühl für ihn empfinden. Aber als sich die Finger seiner großen Hände zärtlich in mein Haar fädelten, entspannten sich meine Schultern und mein Rücken.

»Wie lange?«, murmelte ich. Seine Brust hob und senkte sich in einem steten Takt unter meiner Wange. Sein wilder, männlicher Duft umhüllte mich.

Er neigte den Kopf herab. Sein Bart kitzelte mein Gesicht.

»Was meinst du?«

Ich hob den Kopf. Um die schwarzen Pupillen hatte er einen dicken goldenen Rand, genau wie ein Wolf.

»Wie lange habt ihr auf mich gewartet?«

»Zu lange.« Er hielt mich fester. »Viel zu lange. Wir sind uralt, wie du noch feststellen wirst.« Er verzog das Gesicht. »Aber wir sind bereit zu lernen, wie es ist, zu lieben.«

Ich sank wieder gegen ihn, fühlte mich müde und schwer.

Seine Hand tänzelte über mein Haar. Bald streichelte er es, bald kitzelte er mich im Nacken. Mein Leib schmolz förmlich gegen den seinen und nahm jedes bisschen seiner Wärme auf.

Als Rolf zurückkehrte, versteifte sich mein Körper wieder.

»Ruhig«, redete mir Thorbjorn gut zu. »Ruhig.« Und aus irgendeinem Grund gehorchte mein Körper. Obwohl ich schmutzig und nass war und fror, wusste ich tief in meiner Seele, dass ich mich in Sicherheit befand. So hatte ich mich schon sehr, sehr lange nicht mehr gefühlt.

∿

ALS ICH ERWACHTE, lastete auf meiner Brust ein Gewicht, das mich in den Boden zu pressen drohte. Ich schloss die Augen wieder. Es kostete mich zu viel Kraft, sie offen zu halten.

»Salbei.« Thorbjorn schüttelte mich wach. »Wir müssen gehen. Komm, du musst noch etwas trinken.«

Er hob den Wasserschlauch an. Obwohl sich meine Kehle wie ausgedörrt anfühlte, drehte ich den Kopf weg.

»Du wirst gehorchen.« Sein strenger Ton erschreckte mich. Dann fuhr er mit sanfterer Stimme fort. »Bitte, Liebling. Wir werden dir nie befehlen, etwas zu tun, das dir schadet.«

Mit einem Seufzen drehte ich mich ihm zu. Wenn sie wollten, dass ich etwas tat, konnten sie mich ohne Weiteres dazu zwingen. Bisher hatten sie nichts anderes getan, als mich zu umsorgen.

Ich fragte mich, wann sich das ändern würde.

Als er den Wasserschlauch wieder anhob, trank ich. Der Wolf saß in den Schatten und beobachtete uns.

»Braves Mädchen«, lobte mich Thorbjorn, nachdem ich mehrere Schlucke getrunken hatte. »Wir werden schnell marschieren und viele Stunden lang nicht anhalten. Rolf war draußen und hat den Weg ausgekundschaftet. Er hat Kleidung für dich gestohlen.« Der Krieger hielt sie hoch.

Ein Umhang und ein unförmiges Kleid, das kaum meine Knie bedecken würde.

»Das ist für ein Kind.«

»Tja, dann haben wir Glück, dass du so ein zierliches Ding bist. Zieh es an.«

»Aber ...«

»Hoch mit den Armen.«

Thorbjorn streifte mir das eigene Kleid über den Kopf und zog mir das neue an, bevor ich Einwände erheben konnte.

»Viel besser. Ich sehe dich ungern von Schlamm verschmiert. Außerdem können die Grauen dem Geruch folgen.«

Er warf mein eigenes Kleid ins Feuer. Und einfach so ging mein altes Leben in Flammen auf.

Ich hustete mit schmerzender Brust. »Was machen wir jetzt?«

Thorbjorn hob mich hoch. Wie von selbst schlangen sich meine Arme um seinen Nacken. Er roch ein wenig wie die Luft nach schwerem Regen, was ich seltsamerweise als beruhigend empfand. »Wir gehen nach Norden und suchen uns ein sicheres Versteck. Falls uns die *Draugr* angreifen, lenkt Rolf sie ab.«

Damit verließen wir die Höhle und flohen in die Düsternis.

Ich wusste nicht, ob Tag oder Nacht herrschte. Viele Stunden lang trug Thorbjorn mich durch den Nebel. Mein Schädel pochte, meine Sicht verschwamm. Gelegentlich öffnete ich die Lider und konnte mich nicht erinnern, wann ich sie geschlossen hatte. Meine Sicht beschränkte sich auf ein schmales Sichtfeld am Ende eines Tunnels aus Schmerz, während ich darauf wartete, dass sich der Nebel lichtete und die Sonne wieder schien.

16

THORBJORN

Das kleine Geschöpf in meinen Armen hatte Mühe beim Atmen.

Bitte. Ich gestattete mir ein Gebet. Wir hatten so lange darauf gewartet, unsere Gefährtin zu finden. *Wir dürfen sie nicht verlieren.*

Wir werden sie retten, sagte Rolf.

Salbeis Kopf baumelte an meiner Brust, während sie unruhig schlief. Ich knirschte mit den Zähnen. Wir durften nicht rasten, bis sie in Sicherheit wäre.

Am Nachmittag drang fahles Licht zu uns durch. Der Nebel lichtete sich ein wenig.

Rolf hielt vor mir an und kläffte.

Wo sind wir?

Eine Wegstunde nördlich des Klosters. Der Totenkönig setzt seine Macht ein, um das Land mit einem bösen Zauber zu überziehen.

Ich legte die Frau ab, und sie rollte sich ein. Rolf trabte zu ihr und legte sich hin, schmiegte sich an ihren schmächtigen Körper, um ihr seine Wärme zu bieten. *Es ist nicht klug, anzuhalten.*

Sie ist gebrechlich und unterernährt. Wir dürfen das Wagnis nicht eingehen, dass sie zu schwach wird. Ich streichelte das Haar der jungen Frau, während sie an mir zitterte.

Wir müssen ein Feuer anzünden, sagte ich zu Rolf.

Das können wir nicht riskieren.

Sie friert!

Die Streitkräfte des Totenkönigs werden uns finden. Wir müssen ohnehin weiter.

Zu reisen, tut ihr nicht gut.

Wenn wir nicht fliehen, kommen die Streitkräfte des Totenkönigs und nehmen sie uns weg.

Ich stand auf und hob Salbei hoch.

»Thorbjorn?«, murmelte sie.

»Verzeih mir, Liebes. Wir müssen weiter. Der Totenkönig ist hinter dir her.«

Ihre Arme schlängelten sich um meinen Nacken und hielten sich an mir fest. »Du lässt nicht zu, dass er mir etwas antut, oder?«

»Nein, ich werde dich vor ihm beschützen.«

Sie lehnte die Stirn an meinen Hals und ließ ein leises Seufzen vernehmen. »Ich werde gut zu dir sein. Das verspreche ich dir.«

»Ich weiß, Liebes. Ich weiß.«

Es verging keine Stunde, bis ein schwerer Husten ihren Körper durchschüttelte.

So geht das nicht, meinte Rolf schließlich. *Sie ist krank, und wir sind vom Rudel abgeschnitten. Was machen wir jetzt?*

Wir gehen weiter nach Norden. Es gibt da eine Hexe, die mir einen Gefallen schuldet.

Der Wolf hob den Kopf. *Vorsicht, Bruder. Wir wollen nicht in der Schuld einer Hexe stehen.*

Salbei hustete erneut. Ihr gesamter Körper wurde davon gebeutelt.

Weißt du, was wir tun müssen, um sie gesund zu machen?, fragte ich.

Nein, und das weißt du auch. Was für eine Krankheit ist das, die so schnell über sie hereinbricht?

Ich weiß es nicht, aber eine Hexe würde es wissen, gab ich zurück.

Rolf schwieg. Über die Bruderbindung spürte ich das unangenehme Brodeln seiner Furcht. *Ich will mich nicht noch einmal auf eine Hexe einlassen.*

Ich verzog das Gesicht. *Ich weiß, Bruder. Aber das ist unsere Gefährtin. Wir können sie nicht sterben lassen.*

Unterwegs versuchte ich, die Alphas zu erreichen, kam aber nicht zu ihnen durch.

Es gibt keine andere Möglichkeit, Rolf. Wir haben keine Wahl.

Ich lenkte die Schritte nach Norden und marschierte, bis ich den Geruch einer Hexe aufschnappte, bitter und erdig wie ein Grab.

Die Nacht war angebrochen, als wir die Weggabelung erreichten, an die ich mich erinnerte. Gaben lagen am Fuß eines hohen Steins auf einer Seite.

Rolf verwandelte sich. »Ist das der Ort?«

»Ja. Kannst du dich nicht erinnern, wie wir ihr diesen Stein gebracht haben?«

Rolf brummte. Vor dem Wegzeichen hatten die Menschen Geschenke und Opfergaben als Tribut abgelegt. Mein Kriegerbruder ging neben dem Haufen in die Hocke, rührte ihn aber nicht an. »Hier ist eine Menge Gold, Bruder.«

»Die Hexe mag kein Gold.«

»Was dann?«

»Hier, übernimm die Frau.« Nachdem ich Salbei in Rolfs wartende Hände übergeben hatte, zog ich meinen Dolch, setzte die Spitze an der Innenseite meines Arms an und

schlitzte über die Haut, bis mein Blut auf den Boden
spritzte.

»Rotes Blut, totes Blut«, ertönte ein geflüsterter Sprech-
gesang hinter dem Stein hervor.

Rolf schrak von dem Haufen der Gaben weg, als sich
die Schatten bewegten und eine gekrümmte Gestalt
erschien.

Ein greises Wesen schlich heran und streckte mit einem
dürren Arm einen Becher aus.

Stumm hielt ich den Arm über den Becher und ließ sie
damit mein Blut auffangen, bis der Schnitt verheilte. Den
Dolch senkte ich, steckte ihn aber nicht weg.

Die Hexe sang weiter ihr makabres Lied, während sie
den Becher schwenkte. Dann nippte sie am Inhalt und
schmatzte mit den Lippen.

»Ich   habe   dich   schon   einmal   geschmeckt,
Wolfsmensch.«

»Ich habe dir geholfen und brauche jetzt zwei Gefallen
als Gegenleistung. Wir sind auf der Suche nach einem Heiltrank für unsere Frau und einem sicheren Versteck.«

»Oh«, machte die Hexe und näherte sich Rolf. Er wich
einen Schritt zurück, bevor er sich überwand, stehen zu
bleiben und sich von ihr begutachten zu lassen. Sie schnupperte erst einmal, dann noch einmal und schüttelte den
Kopf. »Du riechst nach einer Hexe.«

Ein Knurren ertönte tief aus Rolfs Kehle.

»Er ist nicht derjenige, der krank ist«, sagte ich zu ihr.
»Sieh dir die junge Frau an.« *Alles in Ordnung, Rolf. Wenn die
Hexe irgendetwas versucht, töte ich sie.*

Die Vettel beugte sich nah zu Salbei.

»Sie riecht nach süßer Magie.« Die Hexe fuhr mit einer
tätowierten Hand durch die Luft über Salbeis Gesicht. Die
junge Frau fing zu husten an, öffnete aber nicht die Augen.

Rolf wich zurück und zog sich Salbei an die Brust. »Was hast du mit ihr gemacht?«

»Nichts, was ich nicht heilen kann. Sie hat einen bösen Geist in der Lunge. Der Nebel – er ist ein Fluch des Alten.«

»Und du kannst ihn heilen?«

»Oh, ich habe viel Heilendes für diese Frau. Kräuter und mehr ... Grünes und Gutes gegen Nebel hilft sehr ...« Die Hexe summte ihr Lied.

»Was ist mit einem Versteck?«, fragte ich dazwischen, und das Lied verstummte wie abgehackt. Die Hexe watschelte davon und verschwand hinter dem Stein. Schweigend warteten wir.

Glaubst du ..., setzte Rolf zu einer Frage an, verstummte jedoch, als die Hexe wieder auftauchte.

»Hier«, krächzte sie und reichte mir einen Beutel. »Tees, dreimal am Tag. Und ein vierter Heiltrank.« Eine klauenähnliche Hand gab mir ein Zeichen. Ich bückte mich und ließ die Hexe in mein Ohr flüstern.

»Dreimal am Tag?« Nachdenklich wog ich den Beutel in der Hand.

»Und eine Salbe für die Brust und noch etwas für ...«

»Ich verstehe.«

Die Hexe lächelte und nickte.

»Und was ist mit einem Unterschlupf?«

»Ich weiß genau den richtigen Ort. Tief im Wald. Folgt dem Licht des Morgensterns.« Sie zeigte hin. »Bis im Osten der Morgen dämmert. Betretet den Wald und dann die Höhle. Dort findet ihr, was ihr sucht.« Sie summte wieder und tappte davon.

Vertraust du dieser Vettel? Rolf hielt sich mit angespanntem Gesichtsausdruck unsere Frau an die Brust gedrückt.

Nein. Aber sie schuldet mir etwas. Sie wird uns helfen.

Mir gefällt nicht, dass du ihr unser Blut zu kosten gegeben hast.

Davon hatte sie schon gekostet, lange bevor ich zu ihr gekommen bin. Das ist die Hexe, die unsere Alphas um Rat gefragt haben, um ihre Frau zu finden.

Rolf wirkte nachdenklich. *Ich dachte, das wäre Yseult gewesen.*

Nein, damals nicht. Yseult war dafür nicht mächtig genug. Komm – lass uns schnell von hier verschwinden. Ich wollte nicht mehr über das feige Böse sprechen. Die Magie, die wir bekommen hatten, würde reichen, um unsere Frau zu heilen, und wir würden für ihre Sicherheit sorgen.

17

ROLF

Der Weg, auf den uns die Hexe geschickt hatte, führte uns durch einen dichten Wald, erfüllt von unheimlichen Geräuschen. Ich übergab unsere kleine Frau an Thorbjorn, verwandelte mich in den Wolf und trug den Beutel mit den Kräutern, so lang ich konnte, bis mich die grausigen Arzneien darin zum Niesen brachten. Dann übernahm Thorbjorn den Beutel, und ich rannte wie üblich voraus. Für den Wolf strotzte der Wald nicht nur vor nächtlichen Geräuschen – auch vor Spuren aller möglichen Tiere, von denen mir einige noch nie untergekommen waren. Ich führte uns vorbei am Weg eines Stachelschweins und eines Stinktiers, um einen Hügel herum und durch einen Gebirgsbach, um etwas Großes, Fauliges zu umgehen, das eine breite Schleimspur wie eine riesige Schnecke hinterließ.

Dieser Ort ist seltsam. Ich hielt an, um ein Bein zu heben und unseren Pfad an einem von Moos überwucherten Baum zu kennzeichnen. *Hierher würde ich nicht mal zum Jagen kommen.*

Das ist gut. Unsere Feinde werden nicht daran denken, hier nach uns zu suchen.

Thorbjorn hielt die kleine Frau zärtlich in den Armen und bedachte sie regelmäßig mit liebevollen Blicken. Anspruch auf eine Frau zu erheben, veränderte ihn. Ich hoffte nur, sie würde alles zu bieten haben, was er sich wünschte. Mir erschien sie zu gut, um wahr zu sein.

Der Geruch von Schwefel stieg mir in die Nase, und ich schnaubte heftig.

Was ist, Rolf?

Da. Ich wies mit der Schnauze die Richtung. *Da ist die Höhle.*

Es handelte sich eher um einen Tunnel, so niedrig, dass sich Thorbjorn ducken musste. Ich rückte weiter vor und achtete darauf, nicht die Wände zu berühren, wie es die Hexe gesagt hatte. Der Ort roch leer, trocken und unnatürlich wie ein Grab. Als wir nach dem Durchgang aus Stein auf eine Lichtung gelangten, entdeckten wir den Ursprung des Schwefelgeruchs. Heiße Quellen sprudelten aus dem Felsboden.

Das ist ein guter Ort, befand Thorbjorn. *Ein Ort der Heilung.*

Ich war davon nicht so überzeugt. *Wo sind wir?*

Spielt das eine Rolle? Wir sind in Sicherheit.

Ich rannte den Pfad entlang, folgte der von der Hexe hinterlassenen Fährte, einem leichten Kräutergeruch. Sie war hier gewesen, wodurch ich dem Ort nur noch weniger vertraute. Es gab viele Welten. Vielleicht waren wir wie ein Held in einer Geschichte in eine andere gewandert. Doch falls dem so war, falls wir in eine andere Welt geraten waren, wie sollten wir zurückkehren?

Weiter vorne sichtete ich auf einem Hain aus Schierlingstannen, Farn und Moos eine kleine Hütte. Sie bestand

aus sauber riechendem Kiefern- und Zedernholz, hatte zwei
Fenster – eine Seltenheit bei einer so kleinen Behausung –
und eine Tür, die nach Farbe stank.

»Farbe«, sprach Thorbjorn laut aus. »Jemand hat diese
Tür unlängst gekennzeichnet.«

Sollen wir hineingehen? Ich blieb zurück. Dieser Hexe
traute ich ebenso wenig, wie ich sie fressen würde. Allerdings witterte ich nichts Verdächtiges. Ich lief über die Lichtung und überprüfte jeden Stein und jedes Blatt, während
Thorbjorn mit der Frau in den Armen wartete.

Alles klar?, fragte er, als ich fertig wurde.

Unglücklich schnaubte ich.

Die Tür der Hütte schwang auf sauber gefertigten Schar-
nieren auf. Drinnen gab es ein breites Bett, runde Stümpfe
als Sitzgelegenheiten und eine große Feuerstelle. Vom Dach
hingen etliche Eisentöpfe, Kochbehelfe und Kräuterbündel.
Die Decke erwies sich als sehr hoch, angenehm für Berserker, die einen Kopf höher als der größte gewöhnliche Mann
aufragten.

»Das wird gehen.« Thorbjorn legte die kleine Frau auf
dem Bett ab. »Das ist sogar wunderbar.«

Von seiner Körperwärme abgeschnitten rührte sich die
Frau. Er verlor keine Zeit und griff sich einen Topf, um Tee
zu kochen.

Ich tappte zu unserer Frau und stupste sie mit der
Schnauze. Sie zuckte zusammen, öffnete aber nicht die
Augen. Unsere Frau litt an Fieber und irgendeinem
Albtraum. Ich leckte ihr die Hand und winselte.

»Sie wird wieder gesund«, beschwichtigte Thorbjorn
meine stille Sorge. »Ein bisschen Arznei, ein bisschen Ruhe,
und schon ist sie wieder auf den Beinen.« Er griff sich einen
Wassereimer und ging. Ich schob Brennholz in die Feuer-

stelle, bis mein Kriegerbruder mit einem randvollen Eimer zurückkam. Die Hälfte goss er in den Eisentopf.

Vorsicht. Ich rümpfte die Wolfsnase. *Du weißt nicht, was für ein böses Gebräu die Hexe in dem Topf zubereitet hat.*

»Wahrscheinlich Eintopf. Wirst du je lernen, Hexen zu vertrauen?«

Vertraust du ihnen?

»In der Regel nicht, aber zumindest vorläufig sind sie sind unsere Verbündeten. Sie wollen, dass wir zwischen ihnen und dem Totenkönig stehen.« Als er das Feuer angezündet hatte, brachte er den Topf über den Flammen an. »Ich habe mich schon oft gefragt, was die Hexe dir damals angetan hat.«

Abgesehen davon, mich in ein Monster zu verwandeln?

Ich weiß, dass sie dich länger als die anderen behalten hat. Und als ich dich herausgeholt habe, hat es drei Tage gedauert, dich zum Weiterleben zu überreden. Was ich Salbei erzählt habe, ist wahr.

Er starrte mich an. Ich starrte zurück, bis Salbei auf dem Bett ein abgehacktes Seufzen vernehmen ließ. Als er sich erhob, um ihr das Kräutergebräu zu bringen, tappte ich zur Tür hinaus.

Ich vertraute weder der Hexe noch unserem unverhofften Glück. Ebenso wenig vertraute ich der Frau, die uns retten sollte. Sie war so klein, so zerbrechlich. Alle, die ich je geliebt hatte, waren gestorben. Ich würde meine Hoffnung erst auf sie setzen, wenn ich sicher sein konnte, dass sie überleben würde.

Bis dahin sollte Thorbjorn sich um sie kümmern, und ich würde jagen.

18

THORBJORN

»Er hat Angst«, sagte ich zu meiner Kleinen, als wäre sie wach und nicht ausgestreckt auf dem Bett, die Augen im Tiefschlaf geschlossen. »Rolf ist der tapferste Mann, den ich kenne, nur würde er sich lieber allein tausend Feinden stellen, als sein Herz an etwas zu hängen. Aber du bist ein so süßes, kleines Wesen. Ich finde es unmöglich, dich nicht zu lieben.«

Liebe. Was für ein seltsames Wort. Es schmeckte gut. Ich hatte seit meiner Familie niemanden mehr geliebt, und die hatte ich für Ruhm und Reichtum als einer der Elitekrieger des Jarls zurückgelassen.

Über ein Jahrhundert, und endlich hatten wir sie gefunden. Aber würde sie uns annehmen?

Ich wärmte Wasser und wusch ihre Arme und Beine. Während ich mit dem Tuch über ihre Haut strich, beobachtete ich ihr Gesicht und wartete darauf, dass sie erwachte.

Durch unsere Reise war ihr Gewand verdreckt, trotzdem zog ich es ihr nicht aus, während sie schlief. Diese kleine Frau hatte bereits genug durch die Hände von Männern gelitten. Ich würde sie nicht der einzigen Panzerung berauben, die sie hatte. Sobald sie erwachte, würde ich sie überreden, in einer der heißen Quellen zu baden. Eines Tages würde sie sich aus eigenem Antrieb vor uns entblößen wollen. Aber bis dahin würden wir sie mit Sorgfalt behandeln.

Sie rührte sich.

»Sachte, Liebes. Es ist alles gut. Ganz ruhig«, redete ich beschwichtigend auf sie ein wie ein Kindermädchen. Rolf würde mich auslachen – einen kampferprobten, abgehärteten Krieger, der ein winziges Weiblein verhätschelte. Sollte er ruhig.

Ich schob eine Hand unter sie und half ihr dabei, mein Gebräu zu trinken. Zuerst prustete sie, aber ich hielt es ihr weiter an den Mund.

»Trink alles aus. Ich suche später Honig, damit du es leichter hinunterbekommst. Das wird deine Lunge durchputzen.« Mit schweren, halb geschlossenen Lidern schluckte sie die Flüssigkeit. »Braves Mädchen«, lobte ich, als sie den Becher geleert hatte. »Jetzt ruh dich aus.«

Prompt sank sie wieder in tiefen Schlaf. Die dunklen Ringe unter ihren Augen wirkten etwas heller. Ich setzte mich auf den Schemel neben dem Bett und wachte über sie.

ROLF KEHRTE mit einem fetten Fasan zwischen den Zähnen auf allen vieren zurück.

Da draußen ist eine Hexe. Ich glaube, es ist die Kreatur, an die wir uns gewandt haben. Der Wolf schnaubte, als hätte er schlechte Luft eingeatmet. *Sie muss wohl nach dir suchen.*

»Dann gehe ich besser zu ihr.« Salbei zuckte, als ich das Wort ergriff, und ich wartete kurz, bevor ich mich erhob. »Pass auf sie auf.«

Rolf nickte und ließ sich in Wolfsgestalt am Fußende des Bettes nieder. Ich hielt auf dem Schemel inne und überlegte, ob ich ihm einen Ratschlag für den Fall erteilen sollte, dass unsere Frau erwachte. Aber wie der braune und graue Wolf sie im Schlaf beobachtete, als wäre sie ein verletzlicher, kostbarer Welpe, verriet mir, dass die beiden auch so gut miteinander auskommen würden. Ich verwandelte mich ebenfalls in meinen Wolf und ging.

Als ich seiner Fährte zurück in den Wald folgte, hielt ich unterwegs inne, um an den Stellen zu schnuppern, die er markiert hatte. Wie ein gewöhnlicher Wolf hatte er seinen Geruch entlang des Rands unseres Gebiets verteilt, überlegt platzierte Tropfen, die jedem Tier in die Nase fahren würden, als wäre es gegen eine Wand gerannt. Ich hob ein Bein und ergänzte die Warnung. Es konnte nicht schaden, darauf hinzuweisen, dass zwei große, dominante Raubtiere die Lichtung um die Hütte für sich beanspruchten.

Rolf hatte eine Abneigung gegen magisch besudelte Orte – er hatte mit Hexen mehr Erfahrungen gesammelt als ich. Mein Kriegerbruder sprach nie darüber, was geschehen war, aber ich kannte den Geruch von einsetzender Furcht, wenn ihn seine Albträume weckten. Ich kannte den Geschmack dieser Angst, denn ich hatte ihn selbst erlebt, als ich nach dem Erwachen aus meiner ersten Berserker-Raserei festgestellt hatte, zu welchem Monster ich geworden war.

Die Hexe erwartete mich knapp hinter den heißen Quellen, näher an unserem neu beanspruchten Gebiet, als mir behagte. Andererseits gehörte die Hütte ihr, auch wenn sie frisch roch, befreit von jeglicher Magie.

Als ich zu ihr trabte, wedelte ich leicht mit dem Schwanz. Mein Wolfskopf reichte ihr bis zum Kinn. Ich verwandelte mich nicht in Menschengestalt zurück. Wenn die Hexe reden wollte, dann würde sie reden.

»Ich habe etwas für dich, Sohn des Fenrir«, sagte sie. »Dunkelheit bricht über das Land herein. Du musst bald mit deiner Liebsten zum Rudel zurückkehren. Hat sie sich schon erholt?«

Ich schnaubte. Wir hatten uns noch kaum einen Tag ausgeruht.

»Hätte ich auch nicht gedacht. Die Zeit verstreicht hier anders. Ich kann euch ein paar zusätzliche Wochen an diesem Ort geben, ohne dass ihr mehr als eine Woche altert. Wird das reichen?«

Ich starrte sie an. Magie in diesem Ausmaß erforderte Opfer. Ich würde erst zustimmen, wenn ich den Preis dafür kannte.

Sie seufzte. »Ein solches Angebot unterbreite ich weder leichtfertig noch gern. Aber wenn die Zeit reif ist, wird das Rudel tun, was nötig ist, und es wird uns alle retten.«

Als ich den pelzigen Kopf schief legte, verschränkte sie die Arme vor dem Körper, eine abwehrende Haltung, die keinem richtigen Wolf entgehen würde. Unterschwellig schnappte ich etwas in ihrem Geruch auf – Angst.

»Meine Macht entspricht den Opfern, die ich bereit bin zu bringen. Die meisten Hexen halten sich zurück, opfern so wenig wie möglich und achten darauf, den Makel auf ihrer Seele nicht überwiegen zu lassen. Aber es gibt auf dieser Insel jemanden, dem einerlei ist, was er für Macht tun muss.«

Ich knurrte.

»Ja. Den Magier. Den Totenkönig, wie ihr ihn nennt. Meine Schwestern und ich halten es für klug, uns von ihm fern zu halten. Er besitzt eine Macht, die uns verzaubern könnte, und unsere vereinten Kräfte würden noch größeren

Schaden auf dieser Insel anrichten. Aber ihr ...« Sie hielt mir einen Finger vor die Schnauze. »Die Berserker wurden für diesen Kampf geschaffen. Ich weiß, ihr wollt nicht, dass eure Frauen kämpfen ...«

Allein bei dem Gedanken bleckte ich die Zähne und knurrte.

»... aber auch sie müssen ihren Teil beitragen. Ihr müsst den Magier unter die Erde bringen und ihn mit dem Zauber binden, der ihn erschaffen hat.«

Ich starrte sie an. Sowohl die Bestie als auch der Wolf tobten in mir beim Gedanken daran, Salbei, unsere eben erste gefundene Gefährtin, einer Gefahr auszusetzen. Mehr als alles andere wollte ich aus diesem von Magie erfüllten Wald zu den Alphas rennen und ihnen die Worte der Hexe berichten. Sie sagte die Wahrheit – Salbei, Rolf und ich wären umgeben vom Rudel sicherer. Aber wir konnten mit Salbei nicht reisen, solange sie krank war.

»Vorerst habt ihr eine heiklere Aufgabe. Füttert eure kleine Frau gut und umsorgt sie. Ich habe für sie hellgesehen und festgestellt, dass nicht die Macht des Magiers ihre Krankheit verursacht. Sie kommt aus ihrem Geist. Aber ich vertraue darauf, dass ihr sie mit der Zeit heilt.«

19

ROLF

Ich wartete am Fußende des Bettes. Wann immer ich den Kopf auf die Pfoten bettete, ließ ihn mich ein Geräusch aus dem Wald wieder heben. Ich mochte diesen Wald nicht, den unheimliche Gerüche und Geräusche erfüllten, verursacht von Kreaturen, die noch kein Mensch je gesehen hatte.

Die Frau schlief unruhig, zuckte und hustete in unregelmäßigen Abständen. Einmal hob ich die Pfoten aufs Bett. Wäre sie ein Welpe, würde ich ihr ein Reh holen und sie mit den guten, rohen Innereien füttern und die Knochen für sie zersplittern, um ihr das Mark zu geben. Dann würde ich ihr das Gesicht lecken und sie eingerollt an meinem schweren, pelzigen Körper schlafen lassen.

Sie roch wie das Kraut, dem sie ihren Namen verdankte, vermischt mit Honig und Sonnenschein. Ihre Hände umklammerten die Decke, und ihre Lippen bewegten sich leicht im Schlaf.

»Weide«, sagte sie plötzlich laut und riss die Augen auf.

Ich stand auf, als sie sich murmelnd aufsetzte. Sie

schwang die Beine aus dem Bett und kam auf mich zu, die Augen groß, und doch sahen sie nichts.

»Ich muss gehen«, sagte sie. »Ich muss dem Ordensbruder das Geld bringen.« Mit einer zitternden Hand wischte sie sich über die Stirn. Als sie sich in Bewegung setzte, wäre sie beinah gestolpert und gefallen. Sie konnte sich gerade noch rechtzeitig abstützen. Dann griff sie sich einen an der Wand lehnenden Besen. »Genug geschlafen.«

Sie war krank, hatte Fieber, halb wach, halb in einem Traum gefangen.

Mit einem tiefen Atemzug verwandelte ich mich. Die Magie spülte über meinen Körper hinweg wie ein kalter Wasserschwall und brachte mich leicht zum Zucken. Ihr Blick heftete sich auf mich, als ich mich in einen Mann verwandelte, und sie zitterte von Kopf bis Fuß.

»Geh zurück ins Bett«, stieß ich aus rauer Kehle hervor. »Wir kümmern uns um dich.«

Ich trat einen Schritt vor, und sie kauerte sich hinter den Besen. »Das würde den Nonnen nicht gefallen. Ich muss arbeiten.«

»Sie sind nicht hier«, brummte ich. »Sie können dir nicht wehtun.«

»Wirst du mir wehtun?«, flüsterte sie.

»Nein.« Das Wort endete als Winseln, da die Bestie in mir um die Kontrolle kämpfte. »Salbei«, begann ich mit sanfter Stimme, bevor ich es aufgab. Mit Berserker-Geschwindigkeit stürzte ich auf sie zu. Der Besen landete klappernd auf dem Boden, als ich sie mit den Armen auffing.

»Genug jetzt«, murmelte ich, als sie sich mir mit blassem, zu Tode verängstigtem Antlitz zudrehte. »Genug davon, unsere Stärke zu verbergen, damit du dich nicht fürchtest. Du wirst dich an uns gewöhnen und feststellen, dass du hier nicht in Gefahr bist.« Ich legte sie aufs Bett.

»Bitte, ich will nicht, dass du mir wehtust.« Sie schrak unter der Decke zurück, immer noch in einem Traum gefangen. »Ich kann arbeiten, versprochen. Ich bin brav ...«

»Du sollst weder arbeiten noch uns bedienen.« Ich löste die Decke aus ihren Händen und wickelte sie darin ein. »Wir sind damit an der Reihe, uns um dich zu kümmern. Du wirst jetzt schlafen«, befahl ich. »Schließ die Augen.«

Ihre Wimpern zuckten flatternd an den Wangen, ihre Atmung wurde gleichmäßiger.

Ich wischte mir Schweiß von der Stirn. Mein Herz raste, als wäre ich eine Meile in vollem Lauf gerannt. Ich sank zu Boden und landete mit einem dumpfen Laut. Ich hatte gegen ganze Armeen gekämpft, hatte miterlebt, wie meine Kameraden den Verstand verloren, nachdem sie sich jahrelang qualvoll gegen die wilde Natur der Bestie zur Wehr gesetzt hatten. Doch als ich beobachtete, wie sich Salbei stöhnend in den Klauen fieberhafter Albträume wand, wusste ich, dass sie zu umsorgen das vielleicht Härteste werden würde, das wir je getan hatten.

Rolf? Wie läuft es?

Salbei ist in Sicherheit. Ich warf ein weiteres Scheit ins Feuer. Das Holz, das die Hexe in der Hütte lagerte, verströmte angenehmen Rauch.

Ist sie aufgewacht?

Nicht richtig. Sie hat etwas Seltsames gemacht.

Die Frau zuckte im Schlaf und stöhnte ein wenig. Ich legte eine Hand auf die Decke und wagte kaum zu atmen. Nach einer Weile glätteten sich die Falten in ihrem Gesicht, und sie ließ ein tiefes Seufzen vernehmen.

Was hat sie gemacht? Thorbjorn klang ungeduldig.

Sie ist aufgewacht und dachte, sie wäre wieder im Kloster. Ich musste mich in Menschengestalt verwandeln, um mit ihr zu sprechen.

Hat sie etwas gesagt?

Sie hat gesagt, sie dürfte nicht schlafen. Sie müsste ihre Pflichten erfüllen.

Davon hat die Hexe gesprochen.

Mein Körper versteifte sich, und ich drängte unangenehme Gefühle zurück – Übelkeit und einen Anflug ohnmächtiger Wut. Ich zwang mich, ruhig zu bleiben. *Du hast dich mit der Hexe getroffen?*

Sie sagt, die Krankheit kommt aus dem Geist unserer Gefährtin. Salbei trägt die Last der Schuld dessen auf den Schultern, was sie im Kloster gemacht hat. Sie wird versuchen, uns zu dienen, um am Leben zu bleiben. So kennt sie es. Sie wird sich aufopfern, um zu überleben.

Zähneknirschend ging ich zur Tür und hätte sie beinah aufgerissen, bevor mir einfiel, dass ich Salbei mit dem Geräusch wecken könnte. Stattdessen presste ich die Faust wie eine stumme Drohung gegen das Holz. Ich war ein starker Wolf. Ich war nicht länger schwach und unfähig, mich zu verteidigen. Griffe jemand meinen Kriegerbruder, unsere Gefährtin oder mich an, könnte ich denjenigen vernichten.

Ist im Kloster noch jemand übrig, den wir töten können?

Thorbjorn lachte, ein wilder Laut. *Du weißt so gut wie ich, dass wir den Einzigen getötet haben, den wir töten konnten. Und eines Tages werden wir erst jeden einzelnen der Diener des Totenkönigs töten, dann den Magier selbst. Salbei wird keine Feinde mehr haben, vor denen sie sich fürchten muss. Aber sie muss ihre Angst vor uns überwinden.*

Was können wir tun?

Wir tun, was wir geplant haben. Sie hegen. Sie pflegen. Ihr beibringen, was sie uns wert ist, ob krank oder gesund.

20

SALBEI

Mühsam öffnete ich die Augen. Süßer Rauch trieb zu mir herüber, flackernder Feuerschein tänzelte an einer fremdartigen Wand. Als ich mich streckte, stellte ich fest, dass ich auf einer weichen Matratze in einem großen, aus robustem Holz gebauten Bett mit etlichen Decken lag. Kein Wunder, dass ich so gut geschlafen hatte. So warm, trocken und gemütlich hatte ich es im Leben noch nie gehabt. Mein Körper fühlte sich schlaff an, verwüstet von Schwäche und nagenden Schmerzen.

»Wo bin ich?«, fragte ich mit belegter Stimme. Die Worte schrammten kratzig durch meinen trockenen Hals.

»Schhh.« Der Krieger Thorbjorn saß neben dem Bett, schlängelte einen Arm hinter meine Schultern und stützte mich, damit ich trinken konnte.

Ich nippte an der dampfenden Flüssigkeit, dann hielt ich inne, als der bittere Geschmack meinen Mund ausfüllte.

»Noch ein bisschen mehr, Liebes. Das ist ein Kräutergebräu. Die Hexe hat uns Medizin gegeben, die dich heilt.«

Ein Schnauben vom Boden der Hütte. Der Wolf streckte sich vor der Tür und schüttelte den großen Kopf.

»Das ist gut für dich«, betonte Thorbjorn mit einem finsteren Blick zum Wolf, der wieder an seinem Knochen nagte. »Rolf vertraut Hexen nicht.«

»Kluger Wolf«, meinte ich, bevor ich die bittere Flüssigkeit hinunterwürgte.

Als Thorbjorn zum Feuer ging, sank ich schwach auf die Kissen zurück. So schwach. Aber wenigstens brüllte meine Kehle nicht mehr vor Schmerz.

»Wie lange bin ich schon hier?«

»Eine Nacht und einen Tag.« Er runzelte die Stirn und strich sich über den Bart. »Die Zeit vergeht hier anders.«

Ich versuchte mühsam, mich aufzurichten. »Wie meinst du das?«

»Halt still«, sagte Thorbjorn, und ich erstarrte, denn es klang wie ein Befehl. Er umsorgte mich, schüttelte die Kissen auf und stützte mich. Die Zärtlichkeit seiner Berührungen strafte dabei die Strenge seines Gesichtsausdrucks Lügen. Ein bisschen Grau durchzog seinen Bart, und mir wurde bewusst, wie sehr ich mich wie ein Kind fühlte, das von einem liebevollen Vater verhätschelt wurde. Wodurch ich nur umso mehr aus dem Bett wollte.

»Du sollst dich ausruhen und gesund werden«, sagte er. »Rolf wird auf dich aufpassen und sicherstellen, dass du nicht das Bett verlässt, wenn ich weg bin.«

Wieder schnaubte der Wolf.

»Wir sind an einem sicheren Ort, in einer Zuflucht. Unsere Zeit hier ist begrenzt, aber wenn du dich ausruhst und gesund wirst, können wir aufbrechen, ohne fürchten zu müssen, dass wir hundert Jahre verlieren.«

»Was soll das heißen? Was ist das für ein Ort?«

»Rolf glaubt, es ist Álfheimr, ein Ort zwischen den

Welten. Er hört sich zu viele Bardengeschichten an.« Thorbjorn schüttelte mit einem innigen Lächeln im Gesicht den Kopf. Er kam mit einem weiteren Becher zurück. Ich konnte mich nicht dagegen wehren, doch diesmal schmeckte die Flüssigkeit gut.

»Noch etwas.« Thorbjorn heftete einen strengen Blick auf mich. Seine schwarzen Brauen zogen sich zusammen. »Rolf hat gesagt, du bist aufgestanden und wolltest die Hütte verlassen. Das geht nicht. Deine Gesundheit hängt davon ab, dass du dich ausruhst und deine Arznei nimmst. Du tust, was wir dir sagen, nicht mehr und nicht weniger.«

Ich achtete darauf, eine sanftmütige, gefügige Miene aufzusetzen, konnte mir jedoch ein enttäuschtes Seufzen nicht verkneifen. »Ist gut.«

Er zog die Augenbrauen hoch.

»Wirklich. Ich will gesund werden.« Damit ließ ich mich zurückfallen, denn ich fühlte mich erschöpft. Was würde passieren, wenn ich wieder bei Kräften wäre? Ich sollte ihre Gefährtin werden – aber sie hatten mich zurückgewiesen. Meine Erfahrung mit der Lust eines Mannes beschränkte sich auf den Ordensbruder, doch ich sah keinen Grund, warum sich diese Krieger zurückhalten sollten. Der Ordensbruder hatte sich einfach genommen, was er wollte. Ich konnte mir nicht erklären, warum es diese Krieger nicht genauso machten.

Ein Finger berührte meine Stirn, und ich schlug die Augen auf.

»So viel Sorge. Dabei hast du hier wirklich nichts zu befürchten. Wir kümmern uns um jedes deiner Bedürfnisse.«

»Warum?« Mir fehlte die Kraft, lange um den heißen Brei herumzureden. »Was kann ich euch geben, das ihr euch nicht einfach nehmen könnt?«

»Wir sind nicht wie er.« Gold leuchtete in Thorbjorns
Augen auf. Er setzte sich zurück. Die Linien um seinen
Mund und seine Augen wirkten wie in Stein gemeißelt.
»Wenn ich ihn noch einmal töten könnte, würde ich es tun«,
brummte er.

»Der Ordensbruder war freundlich zu mir. In gewisser
Weise«, behauptete ich. »Er hat mich nicht allzu hart
geschlagen oder hungern lassen wie die anderen Mädchen.«
Oder mich aus meinem Zuhause weggerissen.

»Du hast Male davon an den Armen, wie er dich
gepackt hat. Wie kann das freundlich gewesen sein?«
Thorbjorn stand so schnell auf, dass der Schemel
umkippte und klappernd zu Boden fiel. Ich zuckte zusammen. Er öffnete den Mund zum Sprechen, dann schüttelte
er abermals den Kopf. Rot kroch über seine Wangenknochen, und seine Brust hob und senkte sich, als wäre er
meilenweit gelaufen. »Pass auf sie auf«, befahl er dem Wolf
und ging.

Ich lehnte mich in die Kissen zurück und wünschte, ich
könnte mich verstecken. Plötzlich schniefte ich und wischte
Tränen weg, die mir über die Wangen kullerten. Verflucht.
Ich sollte wieder zu Kräften kommen, damit ich meine
Entführer zufriedenstellen könnte, nicht dumme, nutzlose
Tränen vergießen.

Ich spürte ein Gewicht auf dem Bett. Jäh schnappte ich
nach Luft, als der Wolf über mir aufragte. Er grinste, zeigte
mir sehr weiße, sehr spitze Zähne. Dann drehte er sich
dreimal im Kreis, wobei seine langen, dünnen Beine darauf
achteten, nicht auf meine zu treten. Schließlich ließ er sich
nieder, halb auf mir liegend. Ich wand mich hin und her.
Aber wenngleich sich der Wolf so platziert hatte, dass mich
sein Gewicht nicht zerdrückte oder vom Atmen abhielt,
konnte ich mich ihm nicht entwinden. Er drehte den Kopf

und leckte mir das Gesicht. Seine raue Zunge wusch meine Tränen weg.

Unwillkürlich lachte ich. »Schon gut«, sagte ich und hob die Hand, um mit seinen seidigen Ohren zu spielen. »Ich geh nicht weg, versprochen.«

Mit einem Seufzen legte er sich hin.

Ich döste ein und erwachte jäh, als Thorbjorn in die Hütte gestürmt kam. Der Wolf kläffte ihm mit spitzen Lauten entgegen.

»Verzeih mir, Mädchen. Ich habe nicht bedacht, dass du schlafen könntest.«

»Ist schon gut.« Ich gähnte.

»Ich koche dir jetzt eine Brühe. Davon wirst du eine Schale essen.«

Er warf die gehäuteten Fleischknochen in einen riesigen Kessel und hievte ihn über das Feuer.

Der Wolf bellte.

»Ich weiß, dass es ein Hexenkessel ist«, sagte Thorbjorn mürrisch. »Und ich weiß, dass du ihr nicht vertraust. Das tue ich auch nicht, aber bisher hat sie uns geholfen, und an wen sollten wir uns sonst wenden?«

»Mit wem redest du?«, fragte ich.

»Mit Rolf. Er hasst Hexen.«

»Er spricht mit dir, wenn er ein Wolf ist?«

Thorbjorn tippte sich an die Schläfe. »Wir teilen eine Verbindung. So tauschen wir unsere Gedanken aus.«

Der Wolf bedachte mich mit einem Hundegrinsen. Die Zunge baumelte heraus. Meine Beine waren eingeschlafen. Ich versuchte, sie unter dem schweren Wesen hervorzuziehen.

»Wie ist das möglich?«

»Magie. Ich habe es schon lange aufgegeben, mir solche Fragen zu stellen. Seit wir dazu verflucht wurden, Monster zu werden. Du bist eine sehr stille junge Frau. Hat man dir im Kloster nicht erlaubt zu sprechen?«

Ich errötete, als ich begriff, dass er mich aufzog. »Ich bin nicht daran gewöhnt, den ganzen Tag im Bett zu liegen.«

»Tja, dann wirst du dich daran gewöhnen. Denn bis du wieder gesund bist, bleibst du genau hier.«

Der Wolf stimmte ein weiteres hohes Bellen an.

»Ich kann mich um mich selbst kümmern«, brummelte ich.

Thorbjorn zog die dichten Brauen hoch. »Und trotzdem, Kleines, wirst du mich nicht verärgern. Ich werde nicht zögern, dich übers Knie zu legen, krank hin, krank her.«

Wieder errötete ich ein wenig. Ich wusste nicht, was über mich kam. Im Kloster hatte ich nie gewagt, zu widersprechen oder aufzubegehren. Bei diesen Kriegern fühlte ich mich sicher. Das war gefährlich. Ich durfte nicht vergessen, dass sie mich entführt hatten und mein Schicksal in ihren Händen lag.

»Du wirst deinen Gefährten erlauben, dich zu umsorgen. Tu einfach, was wir dir sagen.«

Seufzend legte ich mich zurück.

Thorbjorn brachte mir eine Schale mit Brühe und stellte den Schemel auf die Beine, bevor er sich darauf niederließ. »Ich wollte nicht so überhastet verschwinden. Am besten sprechen wir nicht mehr von dem heiligen Mann. Es erfüllt mich mit zu großer Wut, wenn ich daran erinnert werde, was er getan hat.«

Er hat nichts getan, was du nicht auch tun würdest, wollte ich anmerken.

Der bärtige Krieger verengte die Augen, als hätte er meine Gedanken gehört. Vielleicht hatte er das. An diesem magischen Ort ließ sich nicht abschätzen, was alles möglich war.

»Da gibt es einen Unterschied. Du gehörst zu uns. Wir würden eher sterben, als dich zu verletzen.«

Ich presste die Lippen zusammen und schaute weg. Der Wolf legte den Kopf neben meine Hand und stupste sie, bis ich ihn streichelte.

Männer, die sich in so wunderschöne Geschöpfe verwandelten, konnten gewiss nicht böse sein.

»Hier, Mädchen«, sagte Thorbjorn mit tiefer und zärtlicher Stimme. »Füllen wir dir den Bauch.«

Als ich die Hand nach dem Löffel ausstreckte, zog er ihn zurück.

»Ich füttere dich.«

»Ich bin kein Kind.«

»Richtig, aber so schwach wie eines. Ich werde nicht das Wagnis eingehen, dir eine Schale zu geben, bevor ich weiß, dass du sie nicht verschütten wirst.«

Langsam fütterte er mich. Dabei sah ich Lust in seinen Augen. Er achtete auf jede meiner Pausen, jede meiner Bewegungen. Auch der Wolf beobachtete mich.

Als ich nicht mehr essen konnte, winkte ich die Schale weg. Thorbjorn schaute drein, als könnte er darauf bestehen, dass ich den Rest der Brühe aß. Also lenkte ich ihn ab, indem ich fragte: »Woher wisst ihr, dass ich eure Gefährtin bin?«

Das goldene Licht in seinen Augen flammte auf.

Der Wolf winselte.

»Dein Geruch«, antwortete er mit belegter Stimme. »Deine Süße. Deine Schönheit spricht uns an, aber nicht widerstehen können wir deiner Art, unsere Bestie zu besänftigen.«

»Ich weiß nicht, was ihr von mir wollt.«

Seine Hand legte sich unter der Decke auf mein Bein und wanderte nach unten zu meinem Fußgelenk. Die

Berührung jagte schaudernde Erregung durch mich, die sich an der geheimen Stelle zwischen meinen Beinen bündelte. Mein Herzschlag beschleunigte sich jäh.

»Täusch dich nicht. Wir wollen alles, was du zu geben hast. Aber nicht jetzt. Dafür ist noch genug Zeit, Liebes. Vorerst bis du für uns wie ein Kind, das wir versorgen und pflegen müssen. Dieser Ort liegt abseits unserer Welt. Wir haben Zeit, dich wie ein Kind zu verwöhnen, bis du als Frau wiedergeboren wirst.«

WIE EIN KIND behandelt zu werden, bedeutete unter anderem, dass mich sowohl Thorbjorn als auch der Wolf stützten, als ich mich erleichtern musste. Ich blinzelte Tränen der Verärgerung über meine schwachen Glieder weg und wandte den Kopf ab, als Thorbjorn mich sauber machte. Er legte mich zurück ins Bett, und ich weinte, bis der Wolf wieder hereinstieg und mir das Gesicht sauber leckte.

»Du hast keinen Grund, dich vor uns zu verstecken«, sagte Thorbjorn mit Falten auf der Stirn. »Wir sind deine Gefährten. Wir kümmern uns um jedes deiner Bedürfnisse.«

Ich drehte den Kopf weg. Ich war zu praktisch nichts verkümmert und völlig nutzlos. Bestimmt würden mich die Krieger verstoßen, sobald sie das erkannten.

Der Wolf bettete den Kopf auf meinen Schoß und stupste meine Hand, bis ich sein seidiges Fell streichelte. Irgendwie fühlte ich mich dadurch besser.

Ich musste eingeschlafen sein, denn als ich erwachte, war Thorbjorn gegangen, und der Krieger Rolf stand in seiner zweibeinigen Gestalt am Feuer und trug nur einen Lendenschurz. Die alte Salbei wäre errötet und hätte sich bekreuzigt, um ihre verruchten Gedanken zu vertreiben, doch ich war zu schwach, um mich darum zu scheren.

Er beugte sich mit einem Messer in der Hand über einen Eimer, fuhr vorsichtig mit der Klinge seinen Hals entlang und schabte die Stoppeln weg. Als Mann war er gut gebaut, rank und stark. Seine Muskeln zeichneten sich messerscharf unter sonnengebräunter Haut ab. Mit dem schmalen Gesicht und dem schlanken Körper war er etwas kleiner als sein Kriegergefährte, doch er bewegte sich genauso anmutig und kraftvoll. Ich drehte den Kopf, um ihn zu beobachten, als er sich zu Ende rasierte und das Wasser im Eimer als Spiegel benutzte. Auch sein Haar stutzte er kurz und achtete darauf, keine Strähne zu übersehen. Die abgeschnittenen Haare warf er ins Feuer. Als er fertig war, blickte er abermals in den Eimer und lächelte über sein Spiegelbild. Mein Herz setzte in der Brust einen Schlag aus.

»Gefällt dir mein Aussehen?«, fragte er, ohne vom Wasser aufzuschauen.

Ich errötete und legte mich jäh zurück in die Sicherheit der Kissen. Sein Kichern folgte mir. Ich konnte es mir nicht verkneifen, hinzusehen, als er mein Sichtfeld durchquerte und sich streckte, bis seine Wirbelsäule knackte. Das Geräusch erinnerte mich daran, wie er die Gestalten wechselte.

»Was wird aus deiner Kleidung, wenn du dich in einen Wolf verwandelst?«, fragte ich ihn.

»Ich achte darauf, sie vor der Verwandlung auszuziehen, sonst muss ich mich mit Zähnen und Krallen daraus befreien. Und wenn ich mich zurückverwandle, habe ich nichts zum Anziehen. Auch meine Messer und Waffen lege ich beiseite. So etwas brauchen Wölfe nicht, denn wir haben scharfe Zähne.« Er lächelte mich an, und die Anspannung in mir lockerte sich.

»Du nimmst öfter die Wolfsgestalt an als Thorbjorn.«

Er zuckte mit den Schultern. »Ich bin Kundschafter und Fährtenleser. In Wolfsgestalt bewege ich mich leiser fort und kann Feinde besser überraschen.«

»Ist Thorbjorn auch Fährtensucher?«

»Thorbjorn ist ein Anführer. Er hat den Angriff auf das Kloster geleitet.«

Schnell schlug ich die Augen nieder. Ich konnte nicht vergessen, wie diese Männer mich entführt hatten. Meine Freundinnen hatten sich während des Überfalls so gefürchtet. Sie hatten gekreischt und geweint. Wer hatte in jener Nacht sonst noch das Leben verloren?

Ein Schatten rührte sich an meiner Seite. Rolf bewegte sich sogar in Menschengestalt so schnell und leise wie ein Wolf.

»He.« Er nahm mein Kinn in die Hand. Diese Männer hatten keine Scheu, mich zu berühren, doch statt Leid bescherten sie mir Trost und Erleichterung. Sie waren so groß und gewaltbereit, dennoch seufzte mein Körper förmlich, wann immer sie mich daran erinnerten, wie zärtlich sie sein konnten. »Thorbjorn hat getan, was er konnte, um die Sicherheit der *Holzmouwas* zu gewährleisten.«

»Ihr habt uns Angst eingejagt.«

Sein Daumen streichelte meine Unterlippe. »Wir haben euch für den Preis von ein wenig Angst das Leben gerettet. Heißt das, dir wird nie etwas an uns liegen?«

Ich starrte ihn nur an, und er seufzte.

»Salbei, wir wollten einen Warnung vorausschicken, aber es blieb keine Zeit. Wenn wir euch dem Ordensbruder eine nach der anderen hätten abkaufen oder auf eine andere Lösung hätten ausweichen können, dann hätten wir es getan. Aber der Angriff musste überraschend erfolgen, sonst hätten die Spitzel des Totenkönigs ihren Herrn gewarnt. Sogar so noch konnte der heilige Mann eine Warnung schicken, und prompt waren die feindlichen Streitkräfte da.«

»Was ist er? Der Totenkönig?«

»Ein schrecklicher Feind. Wir haben noch nicht in seiner vollen Stärke gegen ihn gekämpft. Und ich bete, dass dieser Tag nie kommen wird. Soweit wir das sagen können, hat er den Ordensbruder dafür bestochen, dass er *Holzmouwas* im Waisenheim gesammelt hat.«

»Die meisten von uns sind als Säuglinge ins Waisenheim gekommen.«

»Die Diener des Totenkönigs könnten Frauen mit *Holzmouwa*-Magie gesucht und ihnen die weiblichen Kinder weggenommen haben.«

»Rosalinds Familie hat sie und ihre Schwester aufgegeben. Es gab die zwei Mädchen und zu viele andere Mäuler zu füttern.«

»Es ist möglich, dass deine Familie eine Bezahlung für dich angenommen hat. Aber wahrscheinlicher hat der Totenkönig einen Weg gefunden, dich zu entführen.«

Ich verstummte. Bisher hatte ich als Waisenkind immer gedacht, ich wäre nicht erwünscht gewesen. Mir war nie die Möglichkeit in den Sinn gekommen, dass mich jemand kaufen oder stehlen wollte.

Rolf runzelte die Stirn. »Ich wollte dir damit keinen Kummer bereiten.«

Ich schüttelte den Kopf. »Ich bin nicht bekümmert.«

Seine Hand legte sich um meinen Nacken und drückte ihn leicht. »Du kannst mich nicht belügen. Ich bin dein Gefährte und spüre deine Gefühle.«

Darüber wollte ich lieber nicht genauer nachdenken. »Was ist mit den anderen jungen Frauen passiert? Mit denen, die verschwunden sind. Der Ordensbruder hat uns erzählt, er hätte Ehemänner für sie gefunden.«

»Der heilige Mann hat sie dem Totenkönig übergeben.«

»Sind ... sind sie noch am Leben?«

Rolf zögerte, und da wusste ich die Antwort. Ich schüttelte den Kopf und biss mir auf die Unterlippe. Die älteren Mädchen hatte ich nicht gekannt, aber mit einigen der zuletzt verschwundenen war ich aufgewachsen. Sie dachten, sie würden zu reichen Ehemännern geschickt, zu Männern mit genug Wohlstand, um Brautgeld für eine Jungfrau zu bezahlen. Natürlich entgingen einige der Waisen diesem Schicksal, indem sie Nonnen wurden.

Rolf zog mich an seine Brust und legte meine Arme um sich. Unwillkürlich klammerte ich mich an ihm fest. »Der Totenkönig benutzt *Holzmouwas*, um seine Macht zu steigern. Bevor wir aufgebrochen sind, um das Kloster zu erobern, haben alle Berserker einen Eid geschworen. Wir werden nicht zulassen, dass er noch einmal eine von euch verletzt.«

NACH UND NACH kehrte meine Kraft zurück. So sehr, dass ich die Nase rümpfte und den Kopf schüttelte, als Thorbjorn mir einen Trunk aus bitteren Kräutern anbot.

»Vorsicht, Kleines. Du bist nicht groß genug, um gegen mich zu kämpfen.«

»Aber ich kann mich weigern zu trinken.«

Thorbjorn legte den Kopf schief. Sein Bart verdeckte ein Grinsen. »Davon rate ich ab.«

»Warum?«

»Weil er dich sonst bestraft.« Rolf löste die verschränkten Arme voneinander und richtete sich auf. Er hatte in den Schatten an der Wand gelehnt. In letzter Zeit blieb er immer öfter in der Nähe, obwohl ich ihn häufig erst bemerkte, wenn er es wollte. Sogar in menschlicher Gestalt kam er mir mehr wie ein Wolf vor, ein wachsames, lauerndes Raubtier.

Ich schluckte.

»Nicht brutal. Und nicht auf eine Weise, die dauerhaften Schaden verursacht.« Thorbjorn warf Rolf einen finsteren Blick zu. »Du musst ihr keine Angst machen.«

»Sie hat keine Angst. Sie stellt dich auf die Probe, Bruder.«

»Ach ja?« Thorbjorn bedachte mich mit einem abwägenden Blick. »In dem Fall sollst du wissen, dass Ungehorsam zu meiner Handfläche auf deinem nackten Hinterteil führt.«

»Ich trinke«, gab ich klein bei und streckte die Hand nach dem Becher aus. Thorbjorn setzte ihn mir an die Lippen und hielt ihn, bis ich ihn geleert hatte.

»Braves Mädchen«, lobte er mich nachdenklich. Die Worte jagten mir einen Schauder durch den Körper, aber ich verschränkte die Arme vor der Brust und schmollte, als ich mich an die Kissen zurücklehnte.

»Ich bin inzwischen stärker. Ganz ehrlich. Lasst ihr mich heute raus?«

»Heute nicht. Aber vielleicht morgen. Außer, du musst die Notdurft verrichten.«

Ich errötete und schüttelte den Kopf. Diese Erfahrung wollte ich nicht wiederholen. Ich würde mich hinausschleichen, wenn ich unbeobachtet wäre.

Thorbjorn kehrte mit einer Schüssel voll Wasser zurück.

»Wofür ist das?«

»Ich möchte dich waschen. Oder hättest du lieber, dass der Wolf es tut?«

»Nein.« Zungenwaschungen hatte ich genug für den Rest meines Lebens gehabt.

Er grinste und fuhr mir mit dem nassen Tuch über den Nacken und die Ohren.

Ich seufzte und entspannte mich unter der wohligen Wärme.

»Ich möchte so gern rausgehen«, sagte ich.

Thorbjorn schmunzelte. »Es ist noch zu früh.« Er drehte sich weg, um die Schüssel abzustellen, und ich setzte mich mühsam auf. Allerdings ragte er sofort wieder über mir auf und legte mir eine Hand auf die Brust.

»Nichts da«, sagte er streng. »Du bist noch zu schwach.«

»Bitte«, bettelte ich. Mittlerweile hatte ich bereits eine Nacht und einen halben Tag geschlafen. Obwohl sich mein Körper kraftlos anfühlte, konnten sie doch nicht von mir erwarten, dass ich den ganzen Tag müßig herumlag.

»Du warst halb tot, Salbei. Selbst jetzt noch isst du nur Brühe und ganz dünnen Haferbrei.«

Ich rümpfte die Nase. Thorbjorn lachte und zerzauste mir das Haar. »Anscheinend ist unsere Gefährtin bereit für ein bisschen gutes Fleisch.«

Rolf richtete sich auf. »Dann sollten wir jagen. Wir machen sie drall wie die Tochter eines Jarls.« Er zwinkerte mir zu.

»Aber du musst im Bett bleiben.« Thorbjorn wackelte warnend mit einem Finger.

Natürlich stand ich auf, sobald ihre Schritte verklungen waren. Zuerst schleppte ich mich zur Tür und vergewisserte mich, dass sie nicht vor der Schwelle lauerten. Die Lichtung vor der Hütte erwies sich als verwaist. Ein paar Farne zitterten noch, als wäre eben erst ein Wolf zwischen ihnen hindurchgelaufen. Zufrieden wagte ich mich hinaus, um mich zu erleichtern.

Auf halbem Weg zurück zur Hütte geriet ich ins Wanken und klammerte mich an einen Busch, um auf den Beinen zu bleiben. Ich nahm mir einen Augenblick Zeit, um mich auszuruhen und meine Umgebung auf mich wirken zu lassen. Die ordentlich gebaute Hütte mit der hellen, gelben Tür und dem Stapel gehackten Holzes daneben schien ein Ort zu sein, an dem wir ewig bleiben könnten.

Ein Windstoß wehte vorbei und trug mir einen süßen Duft zu – nach Blumen, aber keine, die ich erkannte. Die Krieger hatten recht, dieser Ort war magisch.

Nach einer Weile war ich in der Lage, ein paar weitere Schritte zurückzulegen. Schließlich wischte ich mir den Dreck von den Füßen, kletterte zurück ins Bett und schlief fast auf Anhieb ein, sobald ich mich hingelegt hatte.

ALS ICH ERWACHTE, knisterte das Feuer, und ein satter Fleischgeruch erfüllte die Hütte.

Mein Magen knurrte.

Ich schwang die Beine auf den Boden. Kein Krieger sprang aus den Schatten hervor, um mich aufzuhalten. Hämische Freude breitete sich in mir aus, als ich den Raum durchquerte. Ich hatte wieder genug Kraft zum Aufstehen. Bestimmt würde ich nicht den ganzen Tag im Bett verbringen müssen. Ich schnappte mir einen Beutel mit Tee. Ich wollte ihn allein brauen, um Thorbjorn zu beweisen, dass ich mich um mich selbst kümmern konnte.

Aber als ich ein Scheit beiseiteschob, um Platz für einen kleinen Topf mit Wasser zu schaffen, geriet der größere Kessel aus dem Gleichgewicht und kippte um. Siedende Flüssigkeit schwappte auf den Boden. Ich stieß einen spitzen Schrei aus und sprang zurück, so gut ich konnte, dann jedoch rutschte ich aus. Der heiße Eintopf verbrannte mir die Füße.

»Salbei!« Thorbjorn stürmte herein und hob mich aus dem Schlamassel.

»Das wollte ich nicht!«, platzte ich hervor und verzog ob der Schmerzen das Gesicht. »Verzeih mir.«

»Still.« Er trug mich hinaus, setzte mich auf einen Felsbrocken und untersuchte mich. Bei seiner Berührung errötete ich ein wenig, aber er ließ die Hände nicht an einer Stelle verharren oder liebkoste mich. Stattdessen hob er nacheinander jedes Bein an und runzelte die Stirn. Ich schloss die Augen und zuckte zusammen, als er meine Füße in Augenschein nahm.

»Deine Sohlen sind verbrannt.«

»Der Eintopf. Ich wollte nicht ...«

»Das weiß ich doch.« Er hob die Hand. Wieder zuckte ich zusammen, bevor mir einfiel, dass ich das nicht musste, weil er mir nicht wehtun würde. »Mädchen, sieh mich an.«

Nach einem Herzschlag kam ich seiner Aufforderung nach. Der Ausdruck um Thorbjorns Mund wirkte streng, die Fältchen um seine Augen hingegen vermittelten Freundlichkeit. »Ich bin dir nicht böse.«

»Ich hab den Eintopf ruiniert ...«

»Rolf ist noch beim Jagen. Wir haben reichlich Wild.« Wieder hob er die große Hand, diesmal langsam, und er strich mir die Haare hinter den Kopf. »Meine einzige Sorge ist, ob du verletzt bist.«

»Es geht mir schon besser. Ich dachte, ich wäre stark genug, um den Topf zu heben.«

»Nächstes Mal rufst du mich, und ich hole ihn für dich.«

Ich presste die Lippen zusammen.

»Salbei, versprich es mir.«

»Es kommt mir nicht richtig vor, dass du mich bedienst«, sagte ich an den Boden gewandt.

Er senkte den Kopf, um meinem Blick zu begegnen. »Wir sind deine Gefährten. Wir wollen uns in jeder Hinsicht um dich kümmern.« Er berührte mein Kinn und schmunzelte. »Und das werden wir, denn du musst noch länger das Bett hüten.«

Ich stöhnte.

»Keine Sorge. Wir finden eine Beschäftigung für dich. Machen wir dich erst mal richtig sauber.« Er hob mich wieder hoch und marschierte mit mir den Pfad entlang, der von der Hütte weg verlief. »Um ehrlich zu sein, ich habe damit gerechnet, dass du nicht gehorchen würdest, wenngleich nicht mit so dramatischen Folgen. Aber wenn du brav gewesen wärst, wollte ich dich belohnen.«

»Wirklich?«

»Wirklich. Jetzt aber wirst du stattdessen bestraft.«

Scharf atmete ich ein. Er sah mich nicht an, aber sein Grinsen wurde breiter. Durch seine gute Laune entspannte ich mich, obwohl ich mich schon fragte, welche Bestrafung mir durch ihn drohte.

Vielleicht würde es nicht so schlimm werden.

Er ging zu einem Tümpel. Dampf stieg von der Oberfläche auf.

»Wo ist Rolf?«

»Beim Jagen. Vielleicht sollte ich warten. Bestimmt will er deine Bestrafung auch sehen.«

Als ich wimmerte, lachte Thorbjorn. »Beruhig dich. Du hast von uns nichts zu befürchten.«

»Die Bestrafung ... Wird sie wehtun?«

»Nichts, was du in deinem geschwächten Zustand nicht verkraften könntest. Aber du wirst mit Sicherheit nicht noch einmal ungehorsam sein wollen.«

Das verstand ich nicht. Er verhielt sich beinah fröhlich,
als er samt Kleidung in den Tümpel marschierte.

»Warte«, rief ich und klammerte mich an seinen Schultern fest. Das Wasser schwappte warm gegen meine Fußgelenke, doch ich trug noch mein einziges Gewand. Es war
fleckig und fadenscheinig, aber alles, was ich hatte. »Was ist
mit meiner Kleidung?«

»Rolf besorgt dir gerade neue.«

Er sank tiefer, setzte sich mit mir in den Armen auf
einen Stein. Ich ließ die Hände um seinen Hals gelegt und
genoss das Gefühl seiner Stärke unter mir. Überrascht
stellte ich fest, dass mein Körper den seinen vermisst hatte.

»Gemütlich?« Seine Stimme klang rau.

»Ja.« Als ich mich auf seinen Schoß niederließ, bemerkte
ich, dass seine Mannespracht unter meinem Hintern lang
und hart geworden war.

Ich begegnete seinem Blick; seine Augen leuchteten
golden.

»Keine Angst, Mädchen«, sagte er leise.

Er wusch mich mit sanften Händen, jagte damit ein
Kribbeln durch meinen gesamten Körper.

»Bleib hier im Wasser, Liebes, während ich die Hütte
aufräume.« Er setzte mich hin, und ich weidete die Augen an
seinem beeindruckenden Körper. Wasserrinnsale liefen die
Vertiefungen zwischen seinen prallen Muskeln hinab. Seine
Oberarme waren so breit, dass ich sie mit beiden Händen
nicht umschließen könnte. Ein solcher Mann sollte ein
Waisenkind wie mich eigentlich keines Blickes würdigen.

Als er lächelte, schlug mein Magen Purzelbäume. »Versprich mir, dass du bleibst, bis ich dich holen komme.«

»Ich verspreche es.«

Er tippte mir mit einem Finger an die Nase, dann

marschierte er davon. Die Muskeln in seinem Rücken spannten sich dabei ebenso wie die seines Hinterns unter dem Lendenschurz, den er trug. Ich starrte hinter ihm her, bis er die Tür erreichte, dann senkte ich den Blick auf meine unter dem Wasser geballten Hände. Ein sehnsüchtiges Pochen nistete sich zwischen meinen Schenkeln ein.

Was geschah nur mit mir?

Als Thorbjorn zurückkehrte, ließ ich den Blick von ihm abgewandt. Er hob mich hoch, als wöge ich gar nichts. Dann trug er mich zurück zur Hütte, wo er mich aus der nassen Kleidung schälte und mich in ein weiches Fell wickelte. Er setzte mich auf einen Schemel.

»Ich lege dich gleich ins Bett. Zuerst gebe ich dir noch Medizin.«

»Oh nein, bitte nicht«, wimmerte ich, als ich an das bittere Gebräu dachte. »Ich brauche keine.«

»Ich würde sogar sagen, du brauchst eine doppelte Dosis, eine gegen die Krankheit, eine gegen die Verbrennungen. Beides wird dafür sorgen, dass du besser achtgibst.«

»Bitte, Thorbjorn.« Ich legte eine Hand auf seinen Unterarm und liebkoste die harten Erhebungen der Muskeln. »Ich werde brav sein.« Mein Herz pochte stolz vor Tapferkeit. Diese Männer reagierten auf meine Berührungen, und ich wollte herausfinden, welche Waffen mir zur Verfügung standen.

Er bedachte mich mit einem lustvollen Blick, schüttelte jedoch den Kopf. »Ich wäre kein besonders guter Gefährte, wenn ich mich nicht um dich kümmerte. Also.« Er nahm das Fell an sich, das ich trug, und breitete es zu seinen Füßen aus. »Auf die Knie, Mädchen. Hier.« Mit fester Hand führte er mich auf den Boden.

Als ich mich hinkniete, bedeckte ich mit einem Arm den Busen. »So? Nackt.«

»Ja. Du hast keine Geheimnisse vor mir.«

Meine Wangen pulsierten vor Verlegenheit, gleichzeitig jedoch nistete sich Erregung in meinen unteren Gefilden ein, während er mich musterte. Meinen gesamten Körper. »Thorbjorn, bitte.«

»Ich bin dein Gefährte. Ich kümmere mich um dich. Und jetzt still. Kopf runter. Und Hintern hoch.«

»Was?« Ich wollte mich aufbäumen, aber er fing mich ab und drückte mich zurück in Position.

»Tu es, Salbei, sonst muss ich dir den Hintern mit der blanken Hand röten.«

Ich atmete tief ein und blieb in Position. Dabei zog ich den Kopf ein und verbarg die geröteten Wangen in den Armen. »Warum machst du das mit mir?«

»Das ist Medizin. Sie wird dich heilen.«

Ich wollte protestieren, aber er klang forsch und unnachgiebig. Natürlich könnte ich versuchen, zur Tür zu rennen, aber er würde mich bloß fangen – und umso schlimmer bestrafen.

Außerdem konnte ich seinen entschlossenen Befehlen irgendwie nicht widerstehen.

»Mach die Beine breit, Liebes.« Er tippte mir gegen die Innenseiten der Schenkel, bis ich die Knie weiter auseinanderbewegte.

»Wird es wehtun?«

»Es könnte etwas unangenehm sein. Aber bei mir bist du immer in Sicherheit, Salbei.«

Mein Körper entspannte sich.

»Also«, fuhr er fort. »Fass nach hinten und zieh die Pobacken für mich auseinander.«

21

THORBJORN

Unsere Gefährtin kauerte auf allen vieren, das Gesicht dem Fell zugewandt. Mit einem leisen Stöhnen tat sie, was ich verlangte.

Ihr unteren Lippen wiesen einen leichten Glanz auf. Lächelnd schluckte ich.

»Los, Salbei. Spreiz deine Pobacken«, wiederholte ich die Aufforderung und zog ein weiteres Fell vom Bett, damit es ihre vordere Hälfte weicher haben würde. »Lehn dich darauf, Liebes.«

Ich erhob mich, um das Reinigungswasser vorzubereiten. Dafür begutachtete ich das Metallstück, das mir die Hexe gegeben hatte. Ein Ende war wie eine Knolle geformt und wies eine weite Öffnung für Wasser auf, während das andere dünn und schilfartig war.

Nach einem tiefen Atemzug drehte ich mich um. Wie ich gehofft hatte, kam Salbei meiner Aufforderung nach, hielt ihre Hinterbacken auseinander und offenbarte ihr runzliges kleines Poloch. Sie atmete abgehackt. Zweifellos vor Verlegenheit. Ich atmete den Duft ihrer Mischung aus Erregung und Erniedrigung ein.

»Braves Mädchen«, lobte ich sie und kniete hinter ihr nieder. »Jetzt halt ganz still.« Ich streichelte ihren Hintern. Zuerst zuckte sie zusammen, doch bereits nach wenigen Augenblicken entspannte sie sich unter meiner Berührung. Mein bestes Stück wurde steif und drohte, ein Loch in meine Hose zu pochen. Ich rückte meinen Schritt zurecht, bevor ich einen Finger in Öl tauchte. Ich musste ihre hintere Öffnung dehnen, um sie für den dünnen Stutzen vorzubereiten.

Zuerst ließ ich etwas Öl von meinem Finger in ihre ungeschützte Spalte tropfen. Sie sog scharf die Luft ein. Ihre Muskeln spannten sich an.

»Ruhig«, beschwichtigte ich, als ich ihre hintere Öffnung einölte und leicht betastete. Sie war sauber, glänzte und fühlte sich weich an, nachgiebig. Ihr Hintereingang fügte sich mir. Meine Hoden schmerzten vor unterdrücktem Verlangen, und ausnahmsweise war ich dankbar für die Jahre, die ich damit verbracht hatte, die Begierden der Bestie zu zügeln. Hätte ich nur eine Spur weniger Selbstbeherrschung besessen, ich hätte Salbei aufs Bett gehievt und genommen. Ihren Mund, ihre Scham, ihren Hintern – und ich hätte ihr dabei so viel Lust bereitet, dass sie danach nicht mehr hätte aufrecht gehen können.

Für all das würde noch genug Zeit sein. Vorerst war sie meine Patientin.

Ich hielt mich davon ab, mich mit ihrem Hintereingang zu vergnügen. Sanft tastete ich mich vor und ließ sie erkennen, dass sie meine Berührung ruhig genießen konnte.

Gleichzeitig sammelte sich Feuchtigkeit in ihrer wohlriechenden Spalte. Ihr berauschender Duft breitete sich in der Luft aus. So ein zierlicher Leib, und so viel Lust darin. Eingesperrt in jenem Kloster konnte sie nicht viele Möglichkeiten gehabt haben, ihre Begierden auszuleben. Schon bald würde sie begreifen, dass sie frei war und nach Herzenslust darin schwelgen konnte.

Bis dahin würden wir alle vor sehnsüchtigem Verlangen brennen.

Brauchst du Hilfe?, fragte Rolf. Er rannte draußen als Wolf herum, das Fell nass vom taufeuchten Unterholz, während er der Fährte eines Beutetiers folgte. Einen Moment lang genoss ich seine Freiheit.

Meine Gedanken wurden klar. *Danke.*

Bald wird sie gesund sein. Dann erheben wir Anspruch auf sie.

Bald, dachte ich halb zustimmend, halb betend. Ich schlug die Augen wieder auf und kehrte zu unserer gehorsamen Frau zurück, die auf allen vieren verharrte. Der Geruch ihrer Erregung schlug mir entgegen.

Salbei starrte mich über die Schulter an, die Augen groß und feucht. Ich würde ihr beweisen, dass sie sich nicht vor mir fürchten musste. Ich würde ihr beweisen, dass sie sich nie wieder vor einem Mann fürchten musste.

»Fast fertig, Liebes. Ich werde dich mit der Medizin füllen. Du behältst sie für mich drin, bis ich dir sage, dass du sie herauslassen kannst.« Ich konnte der Versuchung nicht widerstehen, einen Finger tiefer wandern zu lassen. So ertastete ich ihre unteren Lippen und streichelte Salbei dazwischen. »Sei ein braves Mädchen, dann wirst du nachher belohnt.«

Ich ließ sie auf allen vieren zurück, bebend in vorfreudiger Erwartung meiner Berührung. Ihr Hintern glänzte im Schein des Feuers. Mein Schwanz war hart wie ein Knochen. Ich zwang mich, die Gedanken dem Vorbereiten des Wassers zu widmen, testete es und fügte dem heißen Gebräu kühles Wasser hinzu. Die Kräuter rochen bitter. Ich hoffte, die Arznei würde ihr nicht zu viel Unbehagen bereiten.

»Du machst das so gut«, lobte ich Salbei, als ich mich wieder neben sie kniete. Meine Finger suchten erneut ihre enge hintere Öffnung und schlängelten sich hinein. Salbeis Schultern hoben und senkten sich unter einem zittrigen Atemzug. Ich setzte den flötenähnlichen Teil der Vorrichtung an ihrem Hintern an.

»Oh.« Ihre Gliedmaßen zuckten.

»Halt still«, befahl ich ihr und beobachtete, wie ihr Körper gehorsam erstarrte. »Den Hintern kannst du locker lassen«, gestand ich ihr zu und wartete, bis sie sich mit gespreizten Händen auf dem Boden abstützte.

»Ist das eine angemessene Bestrafung?«, fragte ich, als ich den Stutzen in sie einführte.

»Ja«, stieß sie schnaubend hervor, und ich lachte.

»So schnell antwortest du? Hast du Angst, dass ich dein Schlitzchen überprüfe und die Wahrheit herausfinde?«

»Nein ...« Das Wort klang gedehnt. Ihre kleinen Fäustchen krallten sich in die Felle, trotzdem hielt sie den Hintern einigermaßen ruhig.

»Sachte jetzt. Lass mich dich füllen.« Ich neigte den Topf mit der Arznei, füllte damit den Trichter und ließ die Flüssigkeit in Salbei fließen.

»Das ist seltsam«, stieß sie atemlos hervor.

»Tut es weh?«

»Nein.« Dann: »Ja. Ich weiß nicht. Wie lange noch?«

»Ein Weilchen. Sei still, Salbei.« Ich streichelte ihren Rücken, als ihr Magen widerwillig grummelte. Die andere Hand ballte ich an der Seite zur Faust. Es widerstrebte mir zutiefst, ihr Unbehagen zu bereiten. »Das wird dir helfen.«

»Es gefällt mir nicht.«

»Ich weiß, Liebes. Aber wenn du so dringend aus dem

Bett möchtest, müssen wir dafür sorgen, dass wir das Übel aus dir herausspülen.«

»Es tut mir leid«, flüsterte sie. »Ich werde brav sein.«

»Ich weiß.« Ich liebkoste ihre glatte Pobacke und genoss ihr leichtes Schaudern. »Du musst dich nicht entschuldigen. Du bist sehr, sehr brav. Manchmal zu brav«, fügte ich mit einem Grinsen hinzu. »Gelegentlich musst du uns widersprechen, damit wir dich bestrafen können. Das genießen wir.«

»Warum?«

»Um dich so süß und gehorsam zu sehen. Unbehaglich, aber meinen Befehlen gehorchend.«

»Das verstehe ich nicht.«

»So ist die Bestie nun mal. Sie giert nach der Unterwerfung einer Frau. Aber du bist die Einzige, die sie befriedigen kann. So.« Ich goss die letzte Flüssigkeit hinein. »Wie fühlst du dich?«

»Voll.«

Ich legte die Hand auf ihren Bauch und betastete ihn.

»Bitte nicht«, wimmerte sie.

»Behalt es drin. Du kannst das.« Ihr Bauch fühlte sich straff gespannt und geschwollen an. Wenn sie die Flüssigkeit ausstieße, würde sie so rein und leer sein. Perfekt, um meine Männlichkeit in ihr zu versenken ...

Ich ertappte meine Hand dabei, dass sie ihre samtenen unteren Lippen streichelte, sie liebkoste, während Salbei darum kämpfte, die Flüssigkeit in sich zu behalten. Ihr Körper regte sich mit kleinen Zuckungen, als sie auf meine Berührung reagierte.

»Bitte«, bettelte sie. »Das ist nicht richtig.«

»Gefällt es dir nicht, wenn ich dich hier berühre?«

»Nicht jetzt ... wenn ich so ... voll bin.« Sie ließ den Kopf hängen.

»Es gefällt dir«, flüsterte ich ihr ins Ohr. »Du bist feucht und willig. So süß, so gefällig.«

»Thorbjorn«, stieß sie atemlos hervor. »Ich kann nicht mehr länger.«

»Na schön.« Ich zog die Hand zurück und widerstand dem Drang, ihre Süße zu kosten. »Ich helfe dir zum Nachttopf. Halt dich an mir fest.«

»Kannst du mich das allein machen lassen?«

»Nein, Liebes. Du bist zu schwach, und ich bin hier, um mich um dich zu kümmern. Still jetzt, keine Widerrede. Ich bin dein Gefährte. Du wirst dich nicht vor mir verstecken. Ich kümmere mich um jedes deiner Bedürfnisse.«

Ich stützte sie, während sie den Topf benutzte, danach führte ich sie zurück zu den Fellen, wo ich sie behutsam mit einem weichen Tuch und warmem Wasser von den Tümpeln draußen wusch.

»Braves Mädchen«, lobte ich sie immer wieder. »So ein braves Mädchen.«

Sie ließ den Kopf geneigt und die Augen halb geschlossen, fügte sich aber meinen Zuwendungen. Als ich fertig war, hob ich sie mir in die Arme und trug sie zum Bett.

»Ruh dich jetzt aus, während ich sauber mache.«

22

SALBEI

I ch lag im Bett und fühlte mich innerlich wie äußerlich schwach, als hätte die Reinigung allen Kampfgeist aus mir gespült. Aus irgendeinem Grund konnte ich nicht aufhören zu zittern.

»Kalt, Mädchen?« Thorbjorn wartete keine Antwort von mir ab, sondern legte sich neben mich ins Bett. Ich wartete darauf, dass er mich an sich zog, doch er hielt mit den Armen lose um mich inne.

»Wäre dir der Wolf lieber?«

Zur Erwiderung schmiegte ich mich an ihn und schüttelte den Kopf.

»Schhh, Liebes. Ich gehe nicht weg. Ich werde dich nie verlassen.«

Eine Zeit lang lagen wir so da. Seine Finger schlängelten sich meine Seite entlang hinauf und hinunter. Dann wichen sie davon ab und ertasteten die Erhebung meiner Brust, kitzelten sie und legten sich um sie, um ihr Gewicht zu testen.

Ich atmete scharf ein und hielt die Luft an.

»Du hast mir so brav gehorcht.« Seine Lippen fanden mein Ohr. »Ich möchte dich belohnen.«

Seine Hand wanderte tiefer, geradewegs zu dem empfindsamen Bereich zwischen meinen Beinen. Meine unteren Lippen pulsierten. Als er mit dem Finger zwischen sie fuhr, spannte ich den Körper an.

»Was machst du da?«

»Ich bereite dir Vergnügen«, murmelte er. »Kämpf nicht dagegen an, Liebes.« Ein Finger kreiste, erkundete mich. Zuckend und schaudernd kämpfte ich darum, meine Gefühle zurückzuhalten. Als er die kleine, wunderbare Stelle fand, die Blitze purer Lust durch mich jagte, drehte ich den Kopf an seine nackte Brust und presste mich an ihn, um nicht laut aufzuschreien.

»Schhh«, redete er beruhigend auf mich ein, nahm die Hand weg und rieb meinen Arm. »Dabei gibt es nichts zum Schämen. Nur Vergnügen.« Er nahm mein Kinn in die Hand, neigte mein Gesicht nach oben und küsste mich auf die Lippen. »Du gehörst zu uns, Salbei. Wir werden dir geben, was du brauchst.«

Der Schein des Feuers flackerte an der gegenüberliegenden Wand. Ich blinzelte und erwachte durch leise Stimmen, die über meinem Kopf murmelten.

»... kann die Alphas nicht erreichen.«

»Das spielt keine Rolle. Wir gehen nicht zurück. Nicht, bevor wir richtig Anspruch auf sie erhoben haben.«

»Es ist gefährlich, so lange vom Rudel getrennt zu bleiben.« Das kam mit gedämpfter Stimme von Rolf.

»Ist mir egal. Außer unserer Gefährtin spielt nichts eine Rolle. Ich werde nicht das Wagnis eingehen, zum

Berg zurückzukehren, solange sie unser Zeichen nicht trägt.«

»Das Rudel wird unseren Anspruch anerkennen.«

Thorbjorns Finger bohrten sich kurz in meine Hüfte, dann ließen sie mich wieder los. »Nicht das Rudel bereitet mir Sorgen ... sondern sie.«

Der jähe Schmerz, der mich stechend durchzuckte, ließ mich scharf einatmen. Ich wusste, dass mich die Krieger als unrein und einer Gefährtin nicht würdig betrachten würden, nur hätte ich nicht gedacht, dass es so bald passieren würde.

Eine Hand näherte sich meinem Kopf. »Salbei?«, fragte Thorbjorn. »Liebes? Bist du wach?«

Ich zwang meinen Körper, sich zu entspannen und tiefer ins Bett zu sinken. Ich konnte ihnen nicht in die Augen sehen. Es war zu demütigend.

Die Krieger verstummten, und letztlich holte mich der Schlaf ein.

ALS ICH WIEDER ERWACHTE, durchzuckten Krämpfe meine Blase. Ohne nachzudenken, setzte ich mich auf, zog mir mein Gewand über den Kopf und schwenkte die Füße auf den Boden.

»Nein, nein.« Rolf fing mich ab. »Du läufst heute nicht herum. Nicht, bevor deine Füße verheilt sind.«

Ich biss die Zähne zusammen, aber ich ließ mir von ihm nach draußen helfen. Meine Sohlen hatten so schlimme Blasen, dass ich keinen Moment lang allein stehen konnte. Kaum hatte ich mich sauber gewischt, schwang er mich hoch und trug mich zurück.

»Salbei, du siehst gut aus.« Thorbjorn kam mit geröteten

Wangen aus dem Wald marschiert. Er hielt lang genug inne, um mir eine Hand in den Nacken zu legen und mich auf die Stirn zu küssen. Ein heißes Gefühl durchströmte mich, und ich wandte verwirrt den Blick ab.

Als ich wieder aufschaute, lächelten mich beide Männer an. Ich hatte das Gefühl, sie enthielten mir einen Scherz vor.

»Was ist?«, fragte ich und konnte nicht verhindern, dass ich mich verärgert anhörte.

»Nichts.« Thorbjorn kraulte mich unter dem Kinn. »Ich habe etwas für dich.«

Sie brachten mich hinein, wo Thorbjorn ein hellgrünes Kleid mit aufgestickten kleinen Honigbienen am Saum ausbreitete. Rolf legte mich aufs Bett, und ich betastete die Nähte. Es sah wie etwas aus, das Farn schneidern könnte.

»Was meinst du, Liebes?«

»Bezaubernd, aber das ist für ein Kind.« An der längsten Stelle reichte mir das Kleid nicht über die Knie.

»Du bist sehr klein«, merkte Rolf an.

»Ich bin eine Frau.« Trotzig verschränkte ich die Arme vor dem Busen. Auch wenn er eher klein war. »Das geziemt sich nicht.«

»Du bist unsere Gefährtin. Wenn wir wollen, dass du völlig unbekleidet herumläufst, wirst du es tun.« Thorbjorns tiefe Stimme brachte mich zum Schaudern.

Ich reckte das Kinn hoch. »Ich bin nicht eure Gefährtin. Ihr habt noch nicht Anspruch auf mich erhoben. Ich habe euch darüber reden gehört.«

Die Krieger wechselten einen Blick und grinsten wieder.

Thorbjorn packte mich am Fußgelenk. Seine große Pranke umschloss es mühelos, sein Daumen streichelte die Innenseite meines Fußes. »Fordere uns nicht heraus, Salbei. Du würdest in uns bereitwillige Gegner finden.«

Ich versuchte, mein Bein mit einem Ruck zu befreien, aber er ließ nicht los.

»Ich bin fertig damit. Ich stehe jetzt aus dem Bett auf und suche mir etwas Besseres zum Anziehen, und wenn ich es aus Fellen nähen muss.«

»Und wenn wir nein sagen?«

Ein Anflug von Erregung brandete durch mich. Warum forderte ich den Wolf heraus? Etwas so Verrücktes hatte ich noch nie im Leben getan.

Aber diese Männer würden mich nie wirklich verletzen. Der Gedanke ermutigte mich und löste in mir einen Leichtsinn aus, den ich mir nicht erklären konnte.

»Ihr könnt mich nicht aufhalten«, behauptete ich. Obwohl es nicht stimmte. Sie ragten über mir auf. Ihre muskelbepackten Arme zeichneten sich deutlich in ihren Lederwämsern ab. Wenn sie mich unten halten wollten, könnten sie es mit einer Hand.

Ich sah in Thorbjorns Augen, die golden leuchteten. Seine Wangen röteten sich, aber sein Körper rührte sich nicht. Er wartete.

Ich holte tief Luft und täuschte einen Vorstoß in die eine Richtung an, bevor ich in der anderen an ihm vorbei und aus dem Bett huschen wollte. Er fing mich trotzdem ab, drehte mich herum und pflanzte mich mit dem Bauch nach unten aufs Bett zurück.

»Was machst du da?«, rief ich. Er ließ eine Hand auf meinem Kreuz ruhen, mit der anderen zog er mein Gewand hoch. Luft strich über meine nackte Haut, und ich presste mich gegen ihn, so fest ich konnte. »Warte ...«

Thorbjorn klatschte mir mit einer Hand so groß wie ein Holzpaddel auf den nackten Hintern.

»Aufhören!« Ich strampelte mit den Beinen.

Er lachte. »Das rote Mal gefällt mir. So wunderschön auf einem so süßen Po. Komm, schau mal, Rolf.«

Ich knurrte ins Bettzeug.

»Ah ja, sehr hübsch. Lass mich auch.«

»Nein!«, begehrte ich auf. Aber kaum hatte sich Thorbjorn zurückgezogen, legte Rolf die Hand auf mein Genick und drückte mich nieder. Seine andere Hand fuhr die Erhebung meines Hinterteils nach und linderte das Brennen, das Thorbjorn hinterlassen hatte.

Zu meinem Entsetzen pulsierte meine Mitte und wurde feucht. Ich zog die Beine zusammen und hoffte, die Krieger würden es nicht bemerken.

»Das gefällt ihr«, merkte Rolf an. Mir rutschte ein leises Stöhnen heraus. Er hatte mich immer noch nicht geschlagen. Eine lange Weile streichelte er meinen zarten Hintern und drückte beide Pobacken.

»Bitte«, bettelte ich. Das Bettzeug dämpfte meine Stimme. Ich wollte nicht, dass er herausfand, wie feucht ich war.

»Du hast Glück, dass du krank gewesen bist, Kleines. Die Bestie in uns liebt den Anblick deiner Züchtigung. Vielleicht bestrafen wir dich jeden Morgen und jeden Abend, damit wir die wunderschönen Male auf deiner blassen Haut bewundern können.«

Ich wimmerte, allerdings nicht, weil ich mich vor ihm fürchtete. Vielmehr, weil sich meine Spalte voll von Säften anfühlte. Sehnsüchtig zog sie sich zusammen.

Nach zwei weiteren Schlägen streckte ich den Hintern hoch, wollte verzweifelt mehr. Rolf kam meiner stummen Einladung gern nach, und mein Körper wogte gegen das Bett. Mit jedem Hieb wurde ich dem Höhepunkt näher getrieben.

»Vorsicht«, warnte Thorbjorn. »Zu viel, und sie kann

heute nicht sitzen. Und da wir ihr ja nicht erlauben, aufzustehen, müssten wir sie auf dem Bauch festbinden.«

»Sie kann auch auf meinem Schoß liegen.« Rolf rieb
meine erhitzte Haut. »Ich halte sie darauf fest.« Seine Finger
beugten sich an meinem Genick.

Ich wand mich beim Gedanken daran, auf Rolfs harten
Oberschenkeln festgehalten zu werden, mich nicht rühren
und mich nicht selbst anfassen zu können. Würde er mir
den Hintern versohlen, wenn ich auf seinen Knien wetzte
und meine Scham zu reizen versuchte? Oder würde er seine
Hand benutzen, um mich zum Höhepunkt zu bringen?

»Was für ein liebes, leidenschaftliches kleines Wesen«,
murmelte er, bevor er meinen Hintern küsste. Seine bors-
tige Wange schabte dabei über meine empfindsame Haut.
Ich stöhnte ins Bett. Meine Nippel wurden hart, und ich rieb
die Brust an den Decken, um sie zu stimulieren.

»Also gut. Dieser Teil deiner Bestrafung ist vorbei.«

Rolf hielt mich fest, während mir Thorbjorn eine Salbe
auf die Fußsohlen schmierte.

»Dummerchen.« Er stand auf und küsste mich auf den
Kopf, womit er eine weitere kribbelnde Flutwelle durch
mich jagte.

Ich setzte eine Schmollmiene auf. Wenn sie schon
darauf bestanden, mich wie ein Kind zu behandeln, dann
würde ich mich wie eines verhalten. Sie behaupteten, mich
zu wollen, und dann verschmähten sie mich. Sie entführten
mich als ihre Gefährtin, dann kleideten sie mich wie ein
kleines Mädchen und hänselten mich. Ein Teil von mir
wollte sie so weit treiben, dass sie mich gehen lassen
würden, wenn ich schon nicht gut genug als Gefährtin war.
Der Rest von mir wollte darum betteln, an ihr Bett gefesselt
und so stimuliert zu werden, wie Rolf es angedroht hatte.

Als Thorbjorn meine Medizin holte, ließ Rolf eine Hand

auf meinem Bauch unter meinem Gewand und streichelte die Haut knapp unter meinen Brüsten. Ich verlagerte das Gewicht auf den brennenden Hintern und spürte, wie seine Mannespracht unter mir anschwoll.

»So«, sagte Thorbjorn, nachdem ich das mit Honig gesüßte Gebräu getrunken hatte. »Sehen wir uns den Rest von dir an.«

Beide Krieger halfen mir aus dem alten Gewand, ließen jedoch keine Anstalten erkennen, mir das neue anzuziehen. Ich verschränkte die Arme vor der Brust.

»So geht das nicht.« Thorbjorn zog meine Hände weg. Er stellte sich zwischen meine Beine, und da ich auf dem Bett lag, befand ich mich gerade in der richtigen Höhe, dass er mit der Hand meine Seiten entlang auf und ab streichen konnte. Meine Nippel wurden unter dem eindringlichen Blick der Krieger hart wie Kiesel.

Während Rolf zusah, erkundete mich Thorbjorn mit sanften Berührungen. Er spielte mit meinen Brüsten, bis Lust durch meinen Geist pulsierte, eine Empfindung, die ich noch nie erlebt hatte. Verwundert starrte ich ihn an, und er drückte einen Finger auf meine Lippen.

»Du bist so bezaubernd.« Schließlich trat er zurück. Meine Brust hob und senkte sich so heftig, als wäre ich eine Wegstunde gerannt.

»Weißt du«, meinte Thorbjorn, »wenn dir das Kleid nicht gefällt, können wir dich auch so lassen.«

»Nein, es gefällt mir.« Rasch schnappte ich mir das Kleid und drückte es mir an die nackte Brust. »Es gefällt mir sehr.«

Rolf grinste mich an. Die Krieger hatten mich dazu überlistet, das zu tragen, was sie wollten.

»Bleib jetzt im Bett.« Warnend schwenkte Thorbjorn einen Finger in meine Richtung. »Sonst musst du wieder auf die Hände und Knie, und ich spüle dir den Hintern so oft, wie es nötig ist, bis du es dir merkst.«

Schnaubend ließ ich mich zurück auf die Kissen fallen. Den Rest des Tags verbrachte ich mit dem Planen meiner Rache.

MEINE GELEGENHEIT BOT sich am nächsten Tag. Rolf trottete als Wolf herein. Er verwandelte sich in einen Mann und setzte sich mit einem Messer an der Seite auf einen Schemel in der Ecke. Nachdem er mir zugezwinkert hatte, lehnte er sich zurück und ließ den Kopf an die Wand sinken. So hatte ich ihn schon öfter dösen gesehen, immer unruhig, als wagte er nicht, lang und tief zu schlafen.

Als seine Augen geschlossen blieben, schob ich mich aus dem Bett und schlich in die Ecke. Der lange Lederstreifen, den er zum Schärfen seines Messers benutzte, lag auf einem Schemel. Ich ergriff ihn und band ihn um Rolfs Fußgelenke, wobei ich darauf achtete, nicht an ihm zu zerren. Dann schlich ich zurück ins Bett. Mit etwas Glück würde Thorbjorn hereinkommen, und Rolf würde aufwachen, aufzustehen versuchen und prompt hinfallen.

Ich kicherte in mich hinein. Es war so einfallsreich wie etwas, das Ampfer tun würde.

Minuten vergingen, und ich wollte zu ihm hinüberspähen. Aber ich widerstand dem Drang und wurde schläfrig, döste ein. Ich erwachte, weil das Bett knarrte.

Rolf grinste mich an. Der Lederstreifen baumelte von seiner Hand. Er musste aufgewacht sein, festgestellt haben, dass er gefesselt war, sich befreit haben und zu mir geschlichen sein. Oder er war die ganze Zeit wach gewesen.

»Da will jemand Bestrafung«, meinte er, und ein Anflug von Erregung fluchtete durch mich. Nicht Angst. Lust.

Aber als er mit dem Leder schnalzte, zuckte ich zusammen.

»Besorgt, Mädchen?«

Ich schüttelte den Kopf. Diese Krieger achteten so vorsichtig darauf, mich nicht zu ängstigen.

»Ich bin schon mit dem Riemen bestraft worden«, verriet ich. »Eine der Nonnen hat die Waisen gern damit gezüchtigt. Sie hat ihnen auf die Hände geschlagen.«

»So werde ich dich nicht bestrafen. Wie geht es deinen Füßen?«

»Größtenteils verheilt.«

»Gut. Steh auf.«

Er stellte mich zwischen seine Beine, während er sich aufs Bett setzte.

Meine Nippel richteten sich erwartungsvoll auf.

Rolf fasste um mich herum und fädelte den Riemen zwischen meine Beine. »Halte das.« Er legte mir die Enden in die Hände, eines hinter mir, eines vor mir.

»Jetzt heb den Riemen hoch«, befahl er mir. »Höher. Fester.« Er ließ mich den Riemen gegen die Stelle zwischen meinen Beinen pressen, bis das Leder zwischen meine unteren Lippen glitt. Empfindungen entfalteten sich in meiner Mitte. Meine Knie erstarrten.

»Jetzt beweg den Riemen zwischen den Beinen.«

»Warum?«

»Weil ich es sage.«

»Das ist ungehörig.«

»Wir sind deine Gefährten. Da gibt es kein ungehörig.« Er ergriff meine Hände, eine vor mir, eine hinter mir, und bewegte den Riemen zwischen meinen Beinen vor und zurück.

»Oh«, stieß ich atemlos hervor. »Oh!« Meine Beine zitterten. Etwas Wildes und Wunderbares pulsierte zwischen meinen Schenkeln, ein scharfes Ziehen, eine herrliche Qual. »Was ist das?«

»Du weißt es nicht?« Er küsste mich auf die Schulter, packte mich an den Hüften und zog mich rückwärts zu sich. »Das ist deine Lust. Du wirst sie durch unsere Hände erfahren.«

Ich bewegte den Riemen weiter, richtete mich auf die Zehenspitzen auf, spannte jeden Muskel meines Körpers an. Ich wollte gleichzeitig aufhören und weitermachen, schneller und härter. Meine Bewegungen beschleunigten sich, als ich mich für Letzteres entschied.

»Aufhören«, befahl Rolf, fing meine Arme ab und hielt sie fest.

»Bitte ...«

»Wirst du mir gehorchen, Kleines?«

»Ja. Ich tue alles.« Ich hätte ihm den Mond versprochen, wenn er mich nur weiter reiben ließe.

Rolf löste meine Finger vom Leder, hielt es aber weiter an meiner gereizten, sehnsüchtigen Haut. »Wenn du brav bist, lassen wir dich den Riemen bis zur Vollendung benutzen. Wenn du unartig bist ...« Er zog den Riemen weg und schnalzte damit. »Geh und knie dich mit dem Gesicht zur Wand auf das Fell in der Ecke.«

Ich zögerte. Es schien mir eine Strafe für ein Kind zu sein.

»Sofort, Salbei. Oder ich füge deinem hübschen weißen Hintern ein paar Striemen hinzu, über die du nachdenken kannst.«

Ich hastete hinüber. Während ich an die Bretter der Wand starrte, öffnete sich schrammend die Tür.

»Ärger?«, fragte Thorbjorn.

»Sie wollte mir die Beine fesseln, während ich geschlafen habe.« In Rolfs Stimme schwang ein Grinsen mit.

Thorbjorn stapfte schallend lachend zum Feuer. »Unartige Salbei. Was sollen wir nur mit dir machen?«

Als Rolf mich einige Minuten später zum Umdrehen aufforderte, hatte Thorbjorn eine weitere Spülung vorbereitet.

Ich stöhnte.

»Ja.« Er wartete nicht, bis ich zu ihm kam, sondern zog mich zu sich und brachte mich in Stellung. Dabei bewegte er meine Gliedmaßen sanft, was ihn ungefähr so viel Mühe kostete, als wäre ich eine Pusteblume.

»Ich brauche keine Spülung.«

»Ich denke doch. Wann immer du unartig bist, spülen wir dich, um dir die Flausen auszutreiben.«

»Ich dachte, ihr wolltet mich unartig haben.« Ich drehte die Wange auf den Boden und schaute finster zu Rolf auf.

»Wir wollen, dass du auf uns hörst, aber wir genießen es, dich zu bestrafen.«

Danach wickelte Thorbjorn mich in ein seidiges Fell und setzte mich auf seinen Schoß. Ich döste am Feuer ein, zufrieden wie eine verwöhnte Katze.

»Du wirst allmählich kräftiger«, murmelte er. Seine Finger spielten an meinem Genick. »Bist du im Kloster je so krank gewesen?«

»Nicht so.« Dort hatte ich mich nie getraut, Schwäche zu zeigen. Wenn Waisen krank wurden, gaben die Nonnen ihnen Essig-Tee und Schleimsuppe. Das hat genügt, um die Jüngeren davon abzuhalten, auch nur eine Erkältung zuzugeben. Und du musst mich nicht so halten. Ich bin kein Kleinkind.«

»Still.« Der Stuhl knarrte, als er mich hochhob und zum

Bett trug. »Du gehörst jetzt uns. Es ist unsere Entscheidung, wie wir dich halten.« Thorbjorn machte sich an den Decken zu schaffen, wickelte mich fest darin ein und drückte mir einen Kuss auf die Stirn, bevor er zur Tür hinausging.

»Sag es ihm, Rolf«, bettelte ich. »Sag ihm, dass ich stark genug bin, um mich selbst zu versorgen.«

Der Fährtensucher schüttelte den Kopf. »Von wegen. Mein Kriegerbruder genießt es, sich um jedes deiner Bedürfnisse zu kümmern. Um das Vergnügen werde ich ihn nicht bringen.«

Ich wand mich hin und her, bis ich die Arme aus den Decken befreit hatte, die ich von mir warf.

»Mit Hitzigkeit handelst du dir nur einen roten Hintern ein«, warnte mich Rolf.

»Warum macht ihr das? Sag es mir einfach.« Bis vor kurzem hatte ich im Kloster gelebt, immer verängstigt, immer halb ausgehungert, immer bang. Auf einmal verhätschelten mich zwei riesige Krieger, als könnte ich durch eine falsche Bewegung zerbrechen. Halb fürchtete ich, das alles könnte ein Traum sein. »Hilf mir, es zu verstehen.«

Rolf setzte sich aufs Bett und richtete die Decken. Seine Bewegungen waren zackig und weniger zärtlich als die von Thorbjorn, erzielten aber dieselben Ergebnisse. Kuschelig und warm legte ich mich zurück.

»Thorbjorn ist schon lange ein Krieger, aber es hat eine Zeit gegeben, da war er mehr als das.«

»Mehr? Was meinst du?«

»Er hatte eine Ehefrau, bevor die Hexe uns verflucht hat und es für ihn zu gefährlich wurde, in ihrer Nähe zu sein. Soweit ich weiß, ist sein Bruder eingesprungen, um auf sie aufzupassen, als Thorbjorn für immer gehen musste. Ein Teil von ihm sehnt sich noch immer nach etwas Kleinem, um das er sich kümmern kann.«

»Nach etwas Kleinem?«, flüsterte ich.

Rolf nickte. »Er hat nicht nur eine Ehefrau zurückgelassen«, verriet er mir und drückte sanft meine Hand. »Thorbjorn war auch Vater.«

~

ALS ICH IM BETT ERWACHTE, warf ich mich herum und
strampelte die Decken von meinem nackten Körper.

»Salbei?«, Thorbjorns Schatten fiel über das Bett. Eine
raue Hand legte sich auf meine Stirn. »Du glühst ja.«

»Ich bin nicht krank.« Ich verspürte ein leichtes Schwin-
delgefühl, als ich mir die Augen rieb. Ich trank das Wasser,
das er mir gab. »Das ist keine Krankheit. Es ist etwas anderes.« Mein Körper vibrierte rastlos. Draußen vor der Tür
lockte mich die Kühle der Nacht. Vielleicht könnte ich
hinausgehen und über die Lichtung auf und ab schlendern,
wie ich es im Kloster getan hatte, wenn mein Fieber ...

Da begriff ich. Das Fieber war über mich gekommen. Es
schwächte mich nicht, sondern ließ mich vor Verlangen
brennen und mir die Berührung eines Mannes herbeiseh-
nen. Meine Freundin Weide litt darunter jeden Vollmond,
ich hingegen verspürte die heiße, sehnsüchtige Begierde
nur gelegentlich.

»Komm her, Liebes.« Thorbjorn wischte mir das Gesicht
und die Hände mit kühlem Wasser ab. Mit sanften Fingern
umsorgte er mich und hatte dabei einen so zärtlichen
Ausdruck im Gesicht, dass ich den Blick abwenden musste.
Was für ein grausamer Fluch, diesen Männern mehr Macht
als jedem anderen Krieger zu geben und ihnen dafür die
Familie wegzunehmen. Ihren Grund, überhaupt zu kämpfen. Kein Wunder, dass sie nach einem Heilmittel suchten.

Thorbjorn legte sich ins Bett und zog mich vor sich auf

die Decke. »Du brauchst immer noch Ruhe. Lieg einfach neben mir und atme.«

Ich wartete, bis seine eigene Atmung gleichmäßig wurde.

»Ich kann nicht«, flüsterte ich. »Das kann ich nicht.«

»Es gibt nichts, was wir von dir verlangen«, meldete sich Rolf aus den Schatten zu Wort. Er kam herüber und kroch auf meiner anderen Seite ins Bett. Rolf klang so überzeugt, doch ich wusste, dass er log. Diese Männer brauchten mich. Ich musste mich mit ihnen paaren, um den Fluch von ihnen zu nehmen. Würde ich ihnen in den Klauen des Fiebers widerstehen können? Würde ich das überhaupt wollen?

AM NÄCHSTEN MORGEN ließ ich den Kopf hängen, schleppte mich durch den Tagesablauf und achtete nicht auf die besorgten Mienen der Krieger. Sie verdienten als Gefährtin etwas Besseres als eine verängstigte, geschädigte Waise. Bestimmt würden sie mich ohnehin loswerden wollen, nachdem sie sich so viele Tage um mich gekümmert hatten und ich mich nach wie vor als völlig unbrauchbare Last erwies.

Meine Entschlossenheit währte so lange, bis Thorbjorn meine Frühstücksschüssel entgegennahm und mir die Hand reichte, um mir auf die Beine zu helfen.

»Komm«, sagte er.

Ich ergriff seine Hand und fragte nicht einmal, wohin wir gehen würden. Er hielt an den heißen Quellen und zog mir das Untergewand aus.

»Du hast eine harte Nacht hinter dir.« Er führte mich in den Tümpel. »Du hast dich hin und her gewälzt und dabei aufgeschrien.«

»Tut mir leid, ich ...«

»Das sage ich dir nicht, damit du um Vergebung bitten kannst, Mädchen. Ich sage es dir, damit du weißt, warum Rolf und ich dich verhätscheln.«

»Ihr verhätschelt mich immer.«

»Gut.« Er drückte mir einen Kuss auf die Stirn. »Du wirst das erwarten.«

Er hob den Stoff auf und benutzte ihn, um mich zu waschen, wobei er am Hals und den Schultern begann. Rasch arbeitete er sich über meine Brüste und meinen Bauch nach unten zwischen meine Beine vor. Er erwies sich als äußerst gründlich. Ich konnte nicht verhindern, dass sich meine Brust schneller hob und senkte und sich meine Nippel zu harten Spitzen aufrichteten.

Nachdem er mich aufgefordert hatte, unterzutauchen, um mich abzuspülen, hielt er mir den Stoff entgegen.

»Würdest du mich waschen?«

Ich fuhr mit dem Stoff über die Erhebungen seiner Muskeln auf und ab, folgte der glatten, straffen Haut, die von einigen Narben unterbrochen war.

Meine Finger kreisten um einen runzligen Knoten, der seine Haut zeichnete. »Was ist da passiert?«

»Ein Pfeil«, brummte er. »Rolf hat ihn herausgerissen. Wir waren mitten im Kampf. Berserker heilen schnell, aber die Spitze war vergiftet.«

»Vergiftet?«

»Ja. Wir führen ein hartes Leben, Salbei, ohne Versprechen auf kommende Süße.« Er schnappte sich meine Hand und drückte einen Kuss darauf, bevor er sie losließ. »Du bist die Süße.«

Etwas in mir sprach darauf an und pochte zwischen meinen Beinen wie ein zweiter Herzschlag, begehrlich, sehnsüchtig auf Berührung, auf Linderung wartend.

Da hielt ich es nicht länger aus. Ich warf die Arme um seinen Nacken, schloss die Augen und sprenkelte seine Lippen mit Küssen. Ich presste den Körper an seinen und wiegte mich ein wenig, als könnte ich dadurch mit ihm verschmelzen.

Einen Moment lang erstarrte er, dann schlang er die Arme leidenschaftlich um mich. Seine Hände stützten meinen Hintern, sein Mund öffnete sich, als wollte er mich verschlingen. Ich gab genauso leidenschaftlich, wie ich empfing, rieb meine begierige Mitte an ihm und schlängelte die Beine um seine Hüften, damit ich ihn noch näher zu mir ziehen konnte.

Ich geriet in einen Taumel, als er mich hochhob, mit mir den Tümpel verließ und mich zurück zur Hütte trug. Seine Lippen lösten sich nie von meinen, auch nicht, als er sich duckte und eintrat.

Die Bodendielen knarrten unter seinen schweren, entschlossenen Schritten.

Dann landete mein Rücken auf dem Bett und Thorbjorn hart und heiß auf mir. Ich erstarrte. Sein Gewicht drückte mich nieder, sein warmer, feuchter Mund presste auf meinen, während er mich küsste wie ein Erstickender, der sich Luft in die Lunge saugt.

Panisch drückte ich gegen ihn. Seine Hände umklammerten meine Arme und hielten sie fest.

»Nein!«, kreischte ich. Einen Moment lang verschwamm die Zeit. Thorbjorns Gewicht wurde das eines anderen Mannes, sein heißer Atem der eines anderen, sauer vor Met, die Finger zornig und bereit, mich zu schlagen oder …

Ich biss ihn.

Er bäumte sich auf – mit Blut an den Lippen. Er berührte sie und starrte auf das Rot an seinem Finger.

Ich schrak zurück.

Im nächsten Augenblick rollte er sich von mir. »Salbei. Sieh mich an, Mädchen. Es ist alles gut. Alles gut.«

Gleich darauf kehrte ich in die Gegenwart zurück. Thorbjorn hatte nicht versucht, mir wehzutun. Ja, er war mein Entführer, zugleich jedoch der beste Beschützer, den ich je gehabt hatte.

»Es tut mir leid!« Ich vergrub das Gesicht in den Händen und wünschte, ich könnte im Boden versinken. »Es tut mir so leid.« Dann packte ich meine eigenen Schultern und drückte sie. Dumm, so dumm. Er war im Begriff gewesen, sich mit mir zu paaren, und ich hatte es vermasselt.

»Nein, beruhig dich.«

»Es tut mir leid!« Der Atem stockte mir brennend in der Brust.

»Keine Entschuldigungen mehr.« Er zog mich auf seinen Schoß und hielt mich vorsichtig fest. Seine Hand strich über meinen Rücken auf und ab, und ich verlor die Kontrolle über mein Schluchzen.

»Ich wünschte, ich wäre nicht ... Ich wollte nicht ...«

Die Hütte erzitterte, als die Tür jäh aufgestoßen wurde, und ich zuckte erschrocken zusammen.

»Was ist hier los?« Rolfs Stimme klang belegt. Der wilde Geruch der Verwandlung füllte den Raum aus – ein Geruch wie die schwere Luft nach einem heftigen Sommerregen. »Was hast du mit ihr gemacht?«

»Nichts«, antwortete Thorbjorn und hielt mich fester. »Sie ist aufgebracht. Beruhig dich, Rolf.«

»Ich dachte, du wolltest ihr wehtun.« Rolf fuhr sich mit der Hand durchs Haar.

Ich weinte heftiger. Das war meine Schuld.

»Es ist nicht deine Schuld, Kleines«, sagte Thorbjorn, und ich war verblüfft darüber, dass er meinen Gedanken erraten hatte.

»Warum sollte es auch ihre Schuld sein?«, fauchte Rolf.

»Ruhig«, brummte Thorbjorn.

»Ich bin nicht geeignet«, brachte ich schluchzend heraus. »Ich kann nicht eure Gefährtin sein.«

»Liebes ...«

»Ich bin zu schwach. Ihr solltet euch eine andere aussuchen.«

»Das können wir nicht. Unsere Bestie hat gewählt. Und wir haben die Herzen an dich verloren.«

23

THORBJORN

Unsere kleine Frau lag schlafend auf dem Bett, erschöpft vor lauter Weinen. Ich fuhr mit den Fingern durch ihr seidiges Haar.

Rolf starrte mit steifem Rücken zur Tür hinaus. *Wir sollten sie nicht so freimütig anfassen. Das mag sie vielleicht nicht.*

Doch, sie mag es. Sie muss sich uns nah fühlen. Das will ich ihr nicht vorenthalten.

Salbei ließ ein leises Stöhnen vernehmen. Ich legte ihr die Hand auf den Rücken, und sie beruhigte sich.

Du scheinst dir ihrer Gedanken so sicher zu sein.

Ich runzelte die Stirn, weil etwas an mir nagte. *Ich kenne ihre Gedanken. Ich spüre jeden Tag mehr von ihr.* Sogar in diesem Augenblick konnte ich ihren Geist berühren und die Rastlosigkeit darin fühlen.

Unsere Gedanken, unsere Empfindungen – sie verschmelzen, werden eins. Es ist genau wie von unseren Kameraden beschrieben. Die Bestie verbindet sich mit ihrem wahren Wesen. Dem Teil von ihr, der unter den Lügen vergraben liegt, die man ihr im Kloster eingetrichtert hat – den Lügen, die sie glaubt.

Was für Lügen?

Dass sie unwürdig wäre, wenn sie nicht gefällig ist.

Rolf wandte sich von der Tür ab. Zorn stand ihm ins Gesicht geschrieben. *Sie ist gefällig.*

Sie ist in jeder Hinsicht vollkommen, aber sie glaubt es nicht.

Schließlich kam mein Kriegerbruder von der Tür zurück in die Hütte und ging neben dem Bett in die Hocke, um unsere Gefährtin zu betrachten. *Es fällt mir schwer, etwas so Zerbrechliches zu lieben. Was, wenn wir sie verlieren?*

Wenn wir sie nicht lieben, verlieren wir uns selbst.

24

SALBEI

Mit geschlossenen Augen lag ich da und lauschte den Männern. Sie brauchten mich, um den Fluch zu brechen, der auf ihnen lastete. Sie verdienten es, von jemandem geliebt zu werden. Ich wünschte, ich wäre ... irgendwie besser. Unberührt. Rein.

Was würden diese Männer mit mir machen, wenn sie erfuhren, dass ich nicht ihre Gefährtin sein konnte?

EIN GEQUÄLTES JAULEN WECKTE MICH. Rolf lag in Wolfsgestalt auf dem Boden. Seine Beine zuckten, aus seiner Schnauze drangen wimmernde Laute.

Ich setzte mich auf, wollte die Beine aus dem Bett schwingen und ihn wecken, als sich ein Arm um meine Taille schlang. Als ich den Mund zum Schreien öffnete, legte sich eine Hand darauf.

»Ich bin's nur, Kleines«, murmelte Thorbjorn. »Nicht schreien.«

Ich nickte, und er nahm die Hand weg.

»Wir sollten ihn wecken«, flüsterte ich. Der Wolf gab klägliche Laute von sich und scharrte mit den Pfoten auf dem Boden. »Er hat einen Albtraum.«

»Mehr als einen Albtraum. Er träumt davon, als er bei der Hexe war.«

Rolf entrang sich ein Winseln, das mir geradewegs ins Herz fuhr. »Was hat sie mit ihm gemacht?«

»Vieles.« Thorbjorn verließ das Bett. »Schlimme Dinge. Aber du darfst dich ihm nie nähern, wenn er so ist. Das ist nicht sicher.«

Er wartete auf mein Nicken, bevor er sich neben den Wolf kauerte und ihm je eine Hand gleichzeitig auf die Schnauze und auf die Mitte legte.

Der Wolf erwachte knurrend und rappelte sich auf die Beine, obwohl Thorbjorn ihn festhielt. Zähne schnappten, und Thorbjorn zog mit einem Ruck eine blutige Hand weg. Rolf wich mit gebleckten Zähnen zurück. Sein wildes Knurren sträubte mir die Nackenhaare.

Ruhig, Bruder. Ich hörte den Widerhall von Thorbjorns Stimme, doch der Krieger hatte nicht laut gesprochen. Vermutlich hatte ich es mir eingebildet.

Ein heftiger Windstoß, der wie die Luft nach schwerem Regen roch, und der Wolf verwandelte sich. Rolf kauerte in menschlicher Gestalt an seiner Stelle, den nackten Körper eingerollt.

Thorbjorn sank wieder neben ihm auf die Knie.

»Die Hexe ist nicht hier. Sie ist nicht hier, Bruder. Sie ist tot. Ich habe sie getötet.«

Ein schauderndes Keuchen drang aus Rolf. Sein Körper zitterte. Ich verließ das Bett, konnte mich nicht länger zurückhalten.

Kaum hatte mein Fuß den Boden berührt, sprang Rolf

auf. Jeder Muskel seines Körpers spannte sich dermaßen an, dass seine Gliedmaßen zitterten.

»Ist schon gut«, sagte Thorbjorn und schob sich zwischen Rolf und mich. »Es ist nur Salbei. Unsere Gefährtin.«

Einen schrecklichen Moment lang starrte Rolf mich an. Ich rührte mich nicht, fühlte mich gefangen von diesem wilden Blick. Dann entspannte er sich und drehte sich der Wand zu. Seine Schultern zitterten noch ein wenig, doch er sagte: »Alles gut. Es geht mir gut.«

Thorbjorn schaute zurück zu mir. Voll von Fragen starrte ich zu ihm hoch. Er sprach kein Wort, sondern streckte die Hand aus – die Hand, die Rolf mit den Zähnen erwischt hatte. Blut verschmierte die Haut zwar noch, aber der Biss war verheilt.

»Komm«, sagte Thorbjorn. »Hier drin ist es zu heiß. Setzen wir uns draußen hin.«

Schweigend nahm ich bei den beiden Kriegern Platz und wünschte, ich hätte den Mut, Rolf zu trösten. Ihm zu sagen, dass ich es verstehen konnte. Thorbjorn hielt nach wie vor meine Hand, Rolf jedoch wollte ich erst berühren, wenn er mich dazu einlud.

Manchmal war es besser, in Ruhe gelassen zu werden.

»Was ist das?«, fragte ich und zeigte auf eine leuchtende Kugel, die zwischen den Bäumen schwebte. Thorbjorn zuckte mit den Schultern, Rolf hingegen hob den Kopf.

»Der Mond«, sagte er mit kratziger Stimme. »Er ist voll.«

»Aber ...« Ich schüttelte den Kopf. »Ist das möglich? Sind wir seit einem Monat hier?«

»Ich denke schon«, meinte Thorbjorn.

Rolf schaute unglücklich drein. »Wir sollten nicht mehr lange bleiben. Wer weiß, wie viele Tage verstrichen sein werden? Oder gar Jahre?«

»Die Hexe hat versprochen, dass wir zurückkehren würden, ohne Zeit verloren zu haben«, merkte Thorbjorn an.

»Was bedeutet das?«, fragte ich.

»Am selben Tag, vielleicht ein paar Tage später.«

»Du bist zu vertrauensselig, Bruder«, sagte Rolf.

Wir haben das für Salbei getan. Thorbjorns Stimme ertönte in meinem Kopf. Ich blieb ganz still und fragte mich, wie ich das Echo seiner Gedanken hören konnte. Vermutlich ermöglichte die Magie dieses Ortes solche Dinge. *Ich hätte das nicht von dir verlangt, wenn mir ein anderer Weg eingefallen wäre. Verzeih mir, Bruder.*

Rolf schüttelte den Kopf. *Ist nicht deine Schuld. Ich hoffe nur, wir werden es nicht bedauern.* Er erhob sich und lief rastlos auf und ab.

Ich beobachtete Rolf dabei, hielt Thorbjorns Hand und wünschte, ich wäre stark genug, um die beiden Krieger zu retten.

Ich erwachte zwischen Rolf und Thorbjorn, zwei schlafende Berge zu meinen beiden Seiten. Ihre Körperwärme bildete einen wohligen Kokon, einen sicheren, schattigen Ort, an dem ich mich einrollen und für immer schlafen konnte. Obwohl ich mich zum Narren gemacht hatte, waren sie nicht gegangen. Stattdessen lagen sie neben mir und beschützten mich, als wäre ich das Kostbarste auf der Welt.

Ich streckte eine Hand aus und berührte Thorbjorns sonnengebräunten, glatten, vor Muskeln harten Arm. Nach kurzem Zögern schlang ich die Finger um seinen Bizeps und staunte darüber, wie sich die Muskeln anfühlten – wie Stein unter der weichen Haut.

So sehr ich die Finger spreizte, ich konnte seinen mächtigen Oberarm nicht umschließen. Er war so groß und stark. Ein Monster.

Mein Monster.

Ich erkundete ihn weiter. Durch die Wärme seines Körpers schlief er nackt, abgesehen von einem Lederschurz um die Mitte. Nach der Verwandlung blieb ihnen nur dieses knappe Stück, um sich zu bedecken, wie mir Rolf erklärt hatte. Manchmal auch ein Wolfsfell um die Schultern, und in der Regel hatte das Fell dieselbe Farbe wie das Fell ihres Wolfs.

Ich suchte gründlich, aber abgesehen von ein paar rauen Haaren auf Thorbjorns Brust gab es nirgendwo Anzeichen auf Fell oder seinen Wolf. Ihre Verwandlung war wirklich magisch. Thorbjorn nannte sie einen Fluch. Ich fuhr mit der Hand über die breite Brust des Kriegers und tat, wonach ich mich sehnte, indem ich die Konturen und Erhebungen seiner Muskeln nachzeichnete, mich dabei kreisend näher und näher zu seinen Hüften tastete. Verlangen pulsierte durch mich und ließ mich mutig werden.

Ich wagte einen Blick auf Thorbjorns Gesicht. Er hatte die Augen geschlossen, aber um seine Lippen spielte unter dem Bart ein verhaltenes Lächeln.

Meine Hand folgte dem V seiner Muskeln, das zu seinem Schritt führte, und Thorbjorn riss die Augen auf. Sie schillerten golden.

»Wenn du so weitermachst, Liebes, werde ich nicht mehr wollen, dass du aufhörst.«

»Vielleicht will ja ich nicht aufhören«, sagte ich zu ihm.

»Mich zu berühren, ist gefährlich. Ich will Dinge ... die du mir vielleicht nicht geben kannst.«

Seine strenge Miene war ausdruckslos. Na ja, nicht ganz

ausdruckslos. Die Linien um seine Augen und seinen Mund zeugten von derselben Anspannung wie sein Körper.

Ich sollte mich fürchten. Ich sollte wegrennen wollen. Aber diesmal tauchten die schlimmen Erinnerungen nicht auf, und als ich die Hand tiefer schob, ging ein Schauder durch Thorbjorns mächtigen Leib.

Ich lächelte. In diesem Moment hielt ich die gesamte Macht in den Händen.

Er rührte sich nicht, aber seine Muskeln spannten sich an, und die Adern erstreckten sich über seinen straffen Körper wie Seile, die ihn zusammenhielten. Unterhalb der Taille wurde seine Männlichkeit lang und steif, ragte in Bereitschaft empor.

Ich setzte mich auf, damit ich seine Härte besser erreichen konnte. Als ich den Lendenschurz beiseitezog und sie in die Hand nahm, warf er den Kopf zurück und hob die Hüften, drückte sich weiter in meinen Griff.

»Ich fürchte mich nicht«, sagte ich, bevor ich es lauter wiederholte: »Ich fürchte mich nicht.«

Damit beugte ich den Kopf und stülpte die Lippen über seine breite Eichel. Er schmeckte nach Salz und Moschus, und ich zog den Kopf zurück, um mit der Zunge an der empfindlichen Stelle unter der Spitze zu lecken. Das Stöhnen, das ich ihm damit entlockte, spornte mich weiter an. Ich richtete mich auf, setzte mich mit dem Gesicht zu seinen Füßen rittlings auf ihn. Dann bearbeitete ich seine Härte, als wäre sie das Einzige auf der Welt, und in jenem Moment *war* sie das Einzige, das es für mich gab.

Thorbjorns Hüften hoben und senkten sich, bettelten mich förmlich an. Meine eigenen geheimen Stellen zogen sich sehnsüchtig zusammen. Ich rutschte vorwärts, setzte seine glatte Länge zwischen meinen unteren Lippen an und wiegte mich dagegen. Seine Mannespracht rieb an meinen

Falten, erweckte jeden Teil von mir, bis mein Körper brüllend danach verlangte, ausgefüllt zu werden.

»Warte.« Thorbjorns Finger legten sich um meine
Hüften. »Ich bin kurz davor. Ich will ...«

Seine vor Begierde belegte Stimme verstummte. Er
wollte mich nicht zwingen, zugleich jedoch wollte er es. Ich
nickte. Ich wollte es auch.

Also hob ich mich und führte ihn in mich. Mein Körper
krampfte sich zusammen, als er mich Stück für herrliches
Stück ausfüllte. Ich wartete, bis ich mich an seine Größe
anpasste.

Als ich den Körper absenkte, stöhnte ich.

»Was für ein schöner Anblick«, sagte Rolf. Er saß da und
massierte sich, während er uns zusah. Ich starrte auf seine
lange Härte und leckte mir die Lippen.

»Willst du ihn?« Er zog an seinem Prügel. Ich nickte.

Rolf stieg aus dem Bett und stellte sich vor mich,
während mich Thorbjorns pralle Lanze pfählte. Sobald sich
Rolf nah genug befand, beugte ich mich vor und nahm ihn
in den Mund. Seine Hände hielten leicht und beruhigend
meinen Kopf, ohne mich zu führen, und ich wirbelte mit
der Zunge die Unterseite entlang.

Thorbjorns Hüften fingen an, sich unter mir zu bewegen. Ich hielt auf den Händen das Gleichgewicht, während
ich mehr von Rolf im Mund aufnahm, gierig an ihm
lutschte. Gleichzeitig füllte Thorbjorn mich aus, stimulierte
mit seiner riesigen Männlichkeit meine verborgensten
Stellen.

Die beiden Männer bewegten sich mit mir zwischen
ihnen, und ich stöhnte, um sie zu ermutigen. Ein Taumel
der Lust verhüllte meinen Geist.

Nach einer Weile zog sich Rolf mit einem flutschenden

Laut aus meinem Mund zurück. »Willst du ihn haben?«, fragte er und massierte sich.

Ich nickte.

»Dann reite ihn. Rauf und runter.«

Thorbjorn half mit den Händen an meinen Hüften mit, hob mich hoch und senkte mich ab. Bei jeder Abwärtsbewegung schien er tiefer vorzudringen.

»Jetzt berühr dich selbst«, befahl Rolf. »Finde dein Vergnügen.«

Ich tauchte eine Hand zwischen meine Beine und suchte meine Lustperle. Während ich mich verzweifelt rieb, ritt ich Thorbjorn weiter. Rolf hielt inne, um mir das Untergewand vom Leib zu reißen, dann wiegte ich mich schneller und beugte mich ein wenig vor, damit ich gleichzeitig auf Thorbjorns Härte wogen und mit den Fingern meine Lustperle bearbeiten konnte, während meine Brüste wild wippten.

Thorbjorn übernahm die Führung. Er rammte sich mehrmals in mich, und mein Höhepunkt fegte mich empor zum Gipfel. Keuchend sank ich auf die Hände. Thorbjorn stieß hart nach oben und schraubte mich erneut in schwindelerregende Höhen. Ekstase durchzuckte mich. Meine Spalte umklammerte ihn, als er zuckend in mir vor und zurück glitt und heftig kam. Ich brach nach vorn zusammen. Nur Thorbjorns Hände hielten mich auf den Knien.

»Ich bin dran«, verkündete Rolf und nahm Thorbjorns Platz hinter mir ein.

»Halt dich fest«, riet Thorbjorn, und ich krallte die Hände ins Bettzeug, als Rolf in mich stieß. Fast sofort zog er sich zurück und fuhr von hinten in mich. Es war brutal. Es war herrlich. Mein Höhepunkt explodierte in mir, breitete sich in meine Gliedmaßen aus, ließ mich aufs Bett erschlaffen. Rolf stöhnte und hielt meinen Hintern in die Luft gestreckt, bis er fertig wurde.

»Liebes.« Er zog sich aus mir zurück und drückte einen Kuss auf meinen Hintern.

Zusammen halfen mir die Männer, mich aufzusetzen.

»Du riechst nach unserem Samen«, sagte Rolf und küsste mich leidenschaftlich. Dann wurde an meinem Haar gezogen, als Thorbjorn meinen Kopf zu sich drehte, um sich ebenfalls einen Kuss zu stehlen.

»Du hast dich herrlich angefühlt. Du musst öfter von uns ausgefüllt werden.«

»Kein Leugnen mehr, dass du unsere Gefährtin bist.«

Wir hatten uns satt gegessen, und ich nippte an dem Tee, den Thorbjorn für mich gekocht hatte, als Rolf den Satz sprach.

Ich ließ den Becher sinken. »Es muss noch andere *Holz-mouwas* geben.« *Eine, die nicht von den Berührungen eines anderen besudelt ist.*

»Du bist nicht besudelt«, sagte Thorbjorn, und ich zuckte vor Überraschung zusammen, weil er meine Gedanken so gut kannte.

»Wie kommst du eigentlich darauf?«, fragte Rolf.

»Hat er das zu dir gesagt?« Thorbjorn musste nicht erklären, wen er mit »er« meinte.

»Ja. Er hat mich eine Hure genannt.«

Ein Knurren drang aus Rolf.

»Ich weiß, das bin ich nicht«, fügte ich schnell hinzu.

»Warum sagst du dann, du kannst nicht unsere Gefährtin sein?«

Stirnrunzelnd blickte ich auf meinen Tee und stellte ihn beiseite. Verzweiflung bestürmte mich.

»Salbei, antworte mir.«

Heiße Wut brodelte aus meinem Bauch empor.

»Weil ich Dreck bin!«, rief ich. »Er hat mich angefasst ... und ich habe nichts getan, um ihn aufzuhalten.« Ich senkte die Stimme, um das schlimmste Geheimnis meines Herzens preiszugeben. »In manchen Nächten habe ich mich ihm angeboten. Das fand ich besser als das Warten ... weil ich ja wusste, dass er kommen und mich holen würde.«

Schweigen folgte auf meine Worte, und ich rollte mich auf die Vorderseite, versteckte mich vor den Kriegern. Das war es. Das würde unser letzter schöner gemeinsamer Augenblick sein, bevor sie mich hinauswarfen, zurückbrachten oder womöglich sogar töteten. Es kümmerte mich nicht einmal mehr. Es spielte keine Rolle. Was immer sie mit mir anstellen würden, konnte nicht schlimmer sein als der Schmerz, den ich empfand.

»Salbei, sieh mich an.«

»Nein. Ich will nicht, dass ihr mich seht.«

»Hör auf, Liebes, du brichst uns das Herz. Wir werden die Welt vor Wut darüber niederbrennen, was dir angetan wurde.«

Thorbjorn zog mich auf seinen Schoß. Ich erhaschte einen kurzen Blick auf Rolfs wutentbrannte Miene, bevor ich das Gesicht an seinen Hals drückte. Zu wissen, dass diese Männer mich beschützen würden ... half irgendwie.

»Du hast nichts falsch gemacht. Gar nichts.«

»Ich wollte nicht, dass er meinen Freudinnen wehtut. Wenn er mich berührt hat, war das egal ...«

Thorbjorn zog meinen Kopf an den Haaren zurück. »Nein, Salbei«, widersprach er, bevor er mich innig küsste. »Du bist nicht egal.«

Rolf stand auf. »Ich finde, das verlangt Bestrafung.«

»Was?« Quiekend zog ich die Beine an die Brust. Hungrig sahen mich die Männer an. Meine Mitte bebte. So abartig es sein mochte, ihre Bestrafungen bereiteten mir genauso viel Vergnügen, wie sie mich erniedrigten. »Warum?«

»Niemand beleidigt unsere Gefährtin. Nicht einmal du.«

»Ich finde, du hast recht, Rolf«, pflichtete Thorbjorn ihm bei. »Wo ist der Riemen?«

»Nein!« Ich wollte flüchten, doch Rolf fing mich mühelos ab und warf mich zurück aufs Bett. Er ließ sich zwischen meinen Beinen nieder und spreizte sie.

»Wir brauchen den Riemen nicht, um dich zu bestrafen.« Grinsend versenkte er die Zunge in meiner Mitte.

25

ROLF

Unsere Gefährtin schmeckte süß wie Honig. Ich leckte sie sauber, dann tauchte ich die Zunge in sie, um mir einen Nachschlag zu holen. Die Musik ihres Stöhnens erfüllte meine Ohren.

»Das ist Bestrafung?«, stieß sie atemlos hervor.

Ich hob den Kopf.

»Oh Rolf, bitte.« Ihre Hüften bäumten sich auf, bettelten um mich. »Bitte hör nicht auf.«

»Gib zu, dass du unsere Gefährtin bist«, sagte Thorbjorn.

Sie warf den Kopf hin und her. Ich schmiegte das Gesicht an die Innenseiten ihrer Schenkel, küsste die Haut und knabberte daran. Ihre Beine zuckten, und ich drückte sie nieder.

»Er bringt dich erst zum Höhepunkt, wenn du es zugibst.« Thorbjorn setzte sich neben sie aufs Bett und spielte mit ihren Nippeln. Ihr Körper krümmte sich wie ein Bogen. Weiterer Honig sickerte aus ihrer Mitte. Ich folgte den Tropfen mit der Zunge, tauchte sie zwischen ihre Hinterbacken.

»Nein!«, quiekte sie und warf sich auf dem Bett herum. »Was machst du da?«

»Ich bereite dir Vergnügen.« Ich leckte mir die Lippen. »Gefällt es dir nicht?«

»Nein.« Sie drückte gegen Thorbjorn. Mühelos fing er ihre Hände ab und hielt sie fest.

»Bring mir die Fesseln.«

Widerwillig verließ ich meinen Platz und holte den Riemen, an dem noch ihre Körperflüssigkeiten klebten. Wir verlagerten sie so, dass wir ihr die Arme über dem Kopf fesseln konnten.

Thorbjorn beugte sich vor und saugte an Salbeis Brustwarzen, bis sie stöhnte. »So zarte Knospen, so reif und perfekt.«

Ich küsste und leckte jedes Fleckchen ihrer Haut, das ich erreichen konnte, fing bei den Zehen an und arbeitete mich nach oben vor.

»Bitte, bitte.« Salbei bäumte sich gegen die Fesseln auf. Glücklich leckte ich ihre Scham, mied dabei jedoch die eine winzige Stelle, die sie geleckt haben wollte. Als wir es erneut von ihr verlangten, schrie sie ihre Antwort fast heraus.

»Sag es. ›Ich bin eure Gefährtin‹«, verlangte Thorbjorn.

»Ich bin eure Gefährtin«, stieß sie keuchend hervor.

Ich sog mir ihre winzige Liebesknospe zwischen die Lippen und nuckelte daran. Ihr zierlicher Körper spannte sich an, ihre Brust rötete sich, und ihre Nippel ragten auf wie kleine Kiesel, als sie dem Höhepunkt entgegenraste.

Was meinst du, Rolf? Thorbjorn sank mit einem zufriedenen Gesichtsausdruck zurück.

Ich antwortete nicht, sondern ließ die Zunge über Salbeis Mitte wirbeln. Sie war meine Arznei, und ich brauchte viel davon, um gesund zu werden.

26

SALBEI

Die Männer bereiteten mir Vergnügen und besorgten es mir in den Tag hinein. Dazwischen dösten wir, dann weckten sie mich mit einem Mund an meiner Mitte, und es ging von vorne los. Jedes Mal ließen sie mich verkünden, dass ich ihre Gefährtin sei, bevor sie mir den Höhepunkt bescherten. Sie sagten mir, ich sei wunderschön und sie würden mich für immer ehren.

Es wäre so, so einfach gewesen, ihnen zu glauben, die Vergangenheit zu vergessen und loszulassen, mich ihnen völlig hinzugeben. Aber schon bald würden wir diesen seltsamen Ort zwischen den Welten, diesen heiligen Ort verlassen und in die Welt zurückkehren müssen, die wir kannten.

»Wie wird es sein, wenn wir zurück beim Rudel sind?«, fragte ich eines verregneten Tags. Über dem Feuer blubberte ein Eintopf. Thorbjorn und Rolf saßen da und schärften ihre Waffen. Ich lief zwischen dem Feuer und der Tür hin und her, starrte abwechselnd in die Flammen und den Regen, sehnte mich nach irgendetwas, das ich tun konnte.

»Wir haben eine Hütte für dich gebaut, bevor wir zum Angriff auf das Kloster aufgebrochen sind«, verriet Thorbjorn.

Ich blieb mit vor der Brust verschränkten Armen stehen. »Aber damals habt ihr mich doch gar nicht gekannt.«

»Wir haben darauf vertraut, dass wir unsere Gefährtin finden würden.«

Stirnrunzelnd wandte ich mich ab. Der Regen prasselte auf den braunen Hof vor der Schwelle und bildete Rinnsale aus Schlamm. Wie würden Rolf und Thorbjorn empfinden, wenn wir zurückkehrten und sie sähen, welche anderen Frauen zur Wahl standen? Würden sie dann immer noch mich wollen, die besudelte Waise, die ihren Körper benutzt hatte, um zu überleben?

Wäre ich stärker, würde ich mich in den Wald davonschleichen und die Krieger verlassen, damit sie jemand Besseren für ihr Bett finden konnten.

»Salbei!«, rief Thorbjorn. Er legte die Waffen und den Wetzstein beiseite. »Bist du so rastlos, dass du in den Regen hinauslaufen würdest?«

»Ich wüsste eine Beschäftigung für sie.« Rolf grinste.

Thorbjorn schüttelte leicht den Kopf. »Heute soll sie sich ausruhen.«

»Muss ich nicht.« Ich horchte auf. Meine Gedanken verflüchtigten sich, wenn ich mich auf dem Rücken oder auf den Knien befand und die starken Krieger in meinen Körper aufnahm. Dann zählten nur noch die Befehle, die sie erteilten.

»Wir wollen dich nicht erschöpfen. Du bist noch dabei, dich zu erholen.«

Zur Antwort zog ich mein Untergewand aus und ließ es zu Boden fallen. Mein Blut geriet in Wallung, meine Mitte wurde vor Bereitschaft feucht.

Rolf hob den Kopf, witterte mich. Seine Augen leuchteten golden.

»Ich habe nein gesagt.« Thorbjorn schaute finster drein. »Vielleicht brauchst du eine Erinnerung daran, wer die Regeln aufstellt.«

»Ja, versohl ihr den Hintern.« Rolf lachte. »Wenn sie uns danach noch anbettelt, beweist das ihre Ausdauer.«

Ich leckte mir die Lippen.

»Na schön.« Thorbjorn verlagerte auf dem Stuhl das Gewicht. Die harte Länge seiner Erregung zeichnete sich durch seine Hose ab. »Wir haben etwas, um dich ständig an deine Besitzer zu erinnern. Runter auf alle viere, Liebling.« Er deutete auf den Boden.

»Oh nein«, sagte ich. »Immer, wenn ich auf allen vieren bin, spielt ihr mit meinem Hintern.«

»Willst du dich mir verweigern, Kleines?« Thorbjorn stand auf und kam mit einem verruchten Lächeln auf mich zu. Als er nah genug war, packte er meine linke Pobacke und drückte sie. Ich drängte ein glückliches Stöhnen zurück.

»Das gehört uns. Es ist eines meiner Lieblingsspielzeuge. Außerdem genießt du es, wenn wir damit spielen. Leugne es nicht.«

Er packte mich und überwältigte mich. Ich fand mich vornübergebeugt auf dem Bett wieder, die Handgelenke an die andere Seite gefesselt.

»Was machst du da?« Als ich zurückschaute, sah ich, wie mir Thorbjorn auf die rechte Pobacke klatschte.

»Anscheinend braucht unsere Kleine eine Erinnerung daran, wer das Sagen hat. Und da du bereits mehrere Spülungen gehabt hast, finden wir einen anderen Weg, dich zu bestrafen.«

Er schlug mir auf den Hintern, bis mir ein spitzer

Aufschrei herausrutschte. Seine Finger betasteten meine
Mitte, glitten durch meine Säfte. Gedemütigt stöhnte ich.

»So erregt. Dadurch wissen wir, dass du uns gehörst.
Unsere Berührungen, ja sogar unsere Bestrafungen erregen
dich.«

Ich wackelte mit dem Hintern, um den Schmerz zu
lindern. »Es gefällt mir nicht.«

»Ich denke schon.« Er spielte weiter mit mir, brachte
mich dazu, auf den Zehen zu tänzeln. »Also.«

Öl ergoss sich in meine Ritze. Ich presste das Gesicht ins
Bett und wartete auf den Beginn des Tastens und Dehnens.
Zuerst schob er einen Finger in mich, dann jedoch ersetzte
er ihn durch etwas Kaltes und Glattes.

»Was ist das?« Ich drehte den Kopf. Er hielt einen
langen, glatten Stein hoch. »Das wird dich ausfüllen und
bereit für uns halten. Eines Tages werden wir Anspruch auf
deinen Hintern erheben.«

Er schob den glatten Stein in meiner hinteren Öffnung
vor und zurück, dehnte mich, erfüllte mich mit einer merk-
würdigen Empfindung. Kleine Ranken der Lust kräuselten
sich durch mich. Erregung mischte sich mit einem Gefühl
tiefer Verlegenheit.

»Das ist falsch«, murmelte ich ins Bettzeug.

»Das ist, was deine Gefährten wollen.« Er drückte den
Stöpsel tiefer hinein. Nach einem letzten Klaps auf meinen
Po band er mich los. Dann wollte er von mir, dass ich mich
aufrichtete.

»Das war es?« Als ich dazu ansetzte, hinter mich zu
greifen und den Stöpsel herauszuziehen, fing er mein Handgelenk ab. »Ihr wollt das den ganzen Tag in mir lassen?«

»Den ganzen Tag und die ganze Nacht, wenn es sein
muss.«

Rolf lachte über meinen entsetzten Gesichtsausdruck.

»Sag nicht, dass es dir nicht gefällt. Ich kann deine Erregung von hier aus riechen.«

Und tatsächlich waren meine Nippel hart wie Kieselsteine. Ich presste die Beine zusammen und versuchte, die zunehmende Nässe meiner Scham zu bändigen.

»Du kannst dich zu mir setzen«, sagte Thorbjorn und nahm wieder Platz. Aber als mein Hintern auf seinen harten Knien landete, schob sich der Stöpsel tiefer in mich und stimulierte mich erneut. Ich zuckte hoch.

»Nein«, stieß ich hervor. Hitze flutete meine Wangen.

»Was ist, Salbei?«, fragte Thorbjorn, während Rolf schmunzelte.

»Ich bin so ausgefüllt.« Meine hintere Öffnung zog sich um den harten, unnachgiebigen Stein zusammen.

»Nicht anfassen.« Wieder packte Thorbjorn meine Hände. »Sonst fessle ich dich und lasse dich bis zum Abendessen auf dem harten Schemel hocken.«

Wieder versuchte ich, mich zu setzen. Ich wimmerte.

»Hierher, Liebes.« Thorbjorn führte mich zu einem Fell auf dem Boden. »Setz dich so, dass du es gemütlich hast.«

Ich winkelte die Beine an und stützte mich auf einer Hüfte ab. Auch in der Haltung zog sich mein Hinterteil um den Stöpsel zusammen, der eine lange, harte Erinnerung daran bildete, dass ich diesen Männern gehörte. Stöhnend lehnte ich mich an Thorbjorn. Er zerzauste mir das Haar, bevor er seinen Wetzstein ergriff.

»Was soll ich tun?«, fragte ich.

»Nicht denken, Salbei. Einfach sein.«

Der Regen fiel bis in die Nacht hinein, aber meine Gedanken blieben ruhig. Wann immer mich Sorgen bestürmen wollten, erinnerte mich der harte Gegenstand in mir daran, wie mühelos mich diese Männer überwältigten, beschützten, auf die Knie zwangen.

Als der Schmerz zu viel wurde, wickelte ich mich um Thorbjorns Bein. Meine Finger suchten seine Männlichkeit, eine lange, harte Erhebung unter der Lederhose. Verspielt streichelte ich darüber und beobachtete, wie sie wuchs.

»Salbei«, brummte er warnend.

Ich leckte mir die Lippen. »Ich kann dich erfreuen«, meinte ich zu ihm.

»Ich weiß, dass du das kannst, Kleines. Aber ich will mir sicher sein, dass du bereit bist. Eines Tages haben wir dich so weit, dass du darum bettelst.«

»Bitte, ich bettle jetzt schon.«

»Komm her, Salbei.« Rolf legte seine Axt beiseite und winkte mich zu sich. Glücklich kroch ich hinüber.

»Kleines.« Er begrüßte mich mit einem Lächeln. »Hier. Du kannst mich lutschen.« Ich kniete mich vor ihm auf ein Fell.

»Mach langsam«, wies er mich an. »Sei zärtlich. Leck mich hier.« Er hob seine Hoden an. »Bis ich dir etwas anderes sage.«

Mit schweren Lidern und willigem Mund gehorchte ich, leckte an seiner salzigen Haut, während er mein Haar streichelte. So konnte ich ihn stundenlang verwöhnen, wenn er wollte.

Schließlich kam er, spritzte mir in den Mund.

»Liebes«, sagte er, und ich liebte den Ausdruck in seinen Augen. Ich fühlte mich dadurch wunderschön, begehrt und kostbar. Rein.

»Salbei, hierher.« Thorbjorn gab mir ein Zeichen. Zufrieden krabbelte ich auf Händen und Knien zu ihm. Wir hielten den Boden sauber, und mir gefiel, wie klein ich mich dort unten fühlte, wie niedrig und geschützt. Ich musste nicht aufstehen und mich verteidigen, musste mich nicht mit angespannten Armen und Schultern dafür wappnen, einem Schlag auszuweichen. Meine Gefährten würden mich beschützen.

Ich verwöhnte Thorbjorn, bis mein Mund zu schmerzen anfing. Er gewährte mir Pausen, schickte mich kriechend los, um Met und Trinkhörner zu holen. Ich brachte sie ihm eines nach dem anderen mit dem Mund.

»Braves Mädchen«, lobte er mich. Ein Glücksgefühl breitete sich pulsierend in mir aus. Dann krallte er die Finger in mein Haar und zog meinen Mund zu seiner Härte. Mein Körper blieb locker und entspannt. Ich ließ mich von ihm führen. Auf dem Boden fühlte ich mich klein und sicher. Während die Krieger Met tranken und über Schlachten sprachen, die sie vor langer Zeit geschlagen und gewonnen hatten, bediente ich sie. Ich konnte mich zu ihren Füßen einrollen und musste mich nicht fürchten.

»Du lutschst gut«, lobte er mich. »Komm auf meinen Schoß.«

Zuerst legte er mich so über seine Knie, dass er den Stöpsel aus mir ziehen konnte, dann ließ er mich aufsitzen, um mich zu füttern. Als wir fertig waren, rieb ich die Nippel an seiner Brust und beobachtete, wie sein Blick heißer wurde. Seine Hand legte sich auf meinen Hintern und streichelte unter dem knappen Kleid die nackte Haut. Bald fanden seine Finger den Weg zu meiner rasierten Spalte, die durch seine gründlichen Zuwendungen stets sauber war, bevor er an meinem hinteren Loch spielte. Durch die ständigen Reize war ich an der Stelle besonders empfindsam, und als er meine Schamlippen berührte, flutete eine Woge der Lust durch mich.

»Bitte«, wimmerte ich.

»Was will meine Süße denn?«

»Das.« Ich berührte seinen harten Prügel, der sich an seinem Bein abzeichnete.

»Dann geh auf die Knie und bettle darum.«

Mit feuchtem Schritt glitt ich nach unten und übersäte die Innenseite seines Schenkels mit Küssen, bevor ich seinen Lendenschurz wegschob, um mich an seine pralle Eichel zu schmiegen. Als er scharf die Luft einsog, verriet er mir, wie sehr er mich wollte.

Als er zustimmend nickte, rutschte ich näher und rollte seinen prallen Schaft zwischen meinen zierlichen Händen.

»Hoch.« Er zog an meinem Haar. Ich richtete mich auf. Dann lehnte ich mich an ihn, spreizte die Beine und glitt seinen willigen Prügel entlang nach unten.

Rolf kam herüber und beugte sich über mich, füllte meinen Hintereingang mit den Fingern aus, dehnte mich. Ich zuckte auf Thorbjorns Härte, fühlte mich zum Bersten gefüllt von Reizen.

Als es zu viel wurde, warf ich mich rückwärts gegen Thorbjorns Brust und kam heftig. Danach brachten die Männer mich ins Bett.

DAS UNWETTER WÜTETE TAGELANG, doch ich verlor jedes Zeitgefühl. Jeden Morgen verpassten mir die Männer den Stöpsel, jeden Abend rammelten sie mich besinnungslos. Wir befanden uns in unserem perfekten Kokon, in unserer eigenen, sorgenfreien Welt.

ABER DORT KONNTEN wir nicht ewig bleiben. Der Regen zog weiter, zurück blieb nur der Sturm. Heftiger Wind fegte durch den Wald. Ein durchdringender, beißender Geruch lag darin. Jenseits der Bäume sprenkelten purpurne und graue Wolken den Himmel. In der Ferne grollte Donner in der Nacht.

»Da draußen ist Magie«, meinte Rolf. Rastlos lief er vor der Hütte auf und ab, wollte nicht zum Jagen aufbrechen.

In der Nacht schlief er als Wolf und weckte uns mit seinem Wimmern. Als ich zu ihm gehen wollte, hielt mich Thorbjorn zurück.

»Wir müssen vorsichtig sein. Er träumt von der Zeit seiner Gefangenschaft bei der Hexe. Er ist gerade nicht hier bei uns.«

In den nächsten Tagen verschlimmerte sich der Sturm. Die Krieger ließen mich nicht nach draußen und gingen auch selbst nicht hinaus. Wir hatten beinah keine Vorräte mehr. Ich schlief mit dem Wissen ein, dass wir bald abreisen würden.

Thorbjorn schüttelte mich wach. »Komm mit, Kleines.«

Er führte mich durch den Wald. Obwohl noch Nacht herrschte, erhellten uns Blitze den Weg. Rolf preschte zwischen den Bäumen hindurch voraus.

»Ist nicht mehr weit.« Thorbjorn hob mich hoch und rannte tief geduckt mit mir durch einen Tunnel. Der Ort roch erdig und fühlte sich beengt an. Ich verstärkte den Griff um den Hals des Kriegers und wünschte, ich wäre stark genug, um mit ihm zu rennen und selbst eine Axt zu tragen. Als wir aus dem Wald hervorbrachen, bedeckte dichter Nebel das Land und verhüllte beinah einen vollen Mond.

»Wir sind zurück.« Erleichterung schwang in Thorbjorns Stimme mit. »Der Mond ist noch voll. Kein einziger Tag ist vergangen.«

»Oder eine ganze Weile«, merkte Rolf trocken an. Er erhob sich aus der geduckten Haltung, in der er in seiner

Menschengestalt gewartet hatte, in der ich ihn seit mehreren Tagen nicht mehr gesehen hatte.

»Nein, die Luft riecht unverändert.« Als Thorbjorn mich auf den Boden stellte, rannte ich zu Rolf.

»Du bist zurück.«

»Ja.« Er zog mich an sich. Die Linien um seinen Mund und seine Augen wirkten tiefer, aber er kam mir so erleichtert vor, wie ich mich fühlte.

»Was jetzt?«, fragte ich.

»Jetzt gehen wir nach Hause.«

27

ROLF

Es regnete seit Tagen. Anfangs war ich drinnen geblieben, weil der Wolf nicht gern nass wurde, später dann, weil der seltsame Wald nach dunkler Magie stank.

Der Geruch holte etwas aus mir hervor. Erinnerungen.

Die Hexe, die uns in Monster verwandelt hatte, war wunderschön gewesen. Sie hatte blondes Haar, das sie als Zopf auf dem Rücken trug. Die Hälfte von uns war in sie verliebt, als die Nacht anbrach, in der sie den Zauber wirken sollte. Sie rief ein Wolfsrudel zu sich, tötete die Tiere und forderte uns auf, ihr Blut zu trinken. Ich wusste noch, dass sich ihre Finger um mein Handgelenk legten, als sie mich den Kelch an den Mund heben ließ. Die Magie schwappte übelkeitserregend und schwirrend wie ein Heuschrecken-schwarm über mich hinweg.

Als ich aufwachte, war ich ein Wolf. Die Magie der Hexe umhüllte mich noch immer, mit Widerhaken in meinem Fleisch und meiner Seele verankert. Es dauerte einen Mond, bevor Thorbjorn mich fand.

In der Hütte erinnerte ich mich daran. Als die Unwetter

schlimmer wurden, suchte mich die Hexe in meinen
Träumen heim. Ich verwandelte mich zurück in den Wolf
und bat Thorbjorn, uns aufbrechen zu lassen, bevor es sich
die Hexe, mit der er verhandelt hatte, anders überlegte und
uns als ihre Schoßtierchen hier behielte.

Ich atmete erst wieder leichter, als wir diese Anderswelt
verließen. Der Nebel bedeckte das Land noch immer – das
Werk des Totenkönigs. Zwar konnten wir das Rudel nicht
erreichen, aber wir kannten den Weg. Wir würden bald zu
Hause sein. Vielleicht könnten wir dann Befreiung in den
Armen unserer Gefährtin erfahren.

Wir hatten den Berg fast erreicht, als wir auf eine
Patrouille der Grauen stießen.

28

THORBJORN

*B*leib zurück!, brüllte Rolf über die Bindung. *Halt sie fern.*

Wir dürften nicht in diesem Nebel bleiben.

Wenn du weitergehst, läufst du in ein Kontingent der Grauen. Der Totenkönig sucht immer noch nach seinen Bräuten.

Dann waren wir doch nicht zu lange weg.

Nicht zu lange und doch nicht lang genug. Rolf zeigte mir ein Bild von *Draugr*, die an seinem Versteck vorbeiströmten.

Wie konnte er so viele Diener bekommen? Ich verlagerte Salbei in meinen Armen. »Halt still, Liebes. Und sei ganz, ganz leise.«

Sein Fluch fegt durch die Dörfer und verwandelt die Menschen nach Belieben.

Wir müssen ihn zur Strecke bringen. Sonst wird er nur noch mächtiger.

Zuerst müssen wir unsere Gefährtin in Sicherheit bringen, erinnerte Rolf mich.

Stimmt. Mittlerweile hatten wir eine Schlucht erreicht. Dort versteckten wir uns, indem wir uns zwischen Gebüsch und Felsblöcke kauerten. Im Tal unter uns wankten Graue zwischen Tümpeln umher und suchten nach uns. *Kannst du die Alphas erreichen?*, fragte ich meinen Kriegerbruder.

Ich versuche es ständig. Die Verbindung ist blockiert. Wir sind auf uns allein gestellt.

Ich hievte mir Salbei auf den Rücken und erklomm die Felswand. Wenn wir es weg von diesen wandelnden Toten schafften, könnten wir einen anderen Weg einschlagen.

Salbei wimmerte auf meinem Rücken.

»Halt dich fest, Kleines.« Ich entsandte ein stummes Gebet zur Göttin und dankte ihr für die Wochen, die wir in der Anderswelt verbracht hatten und in denen Salbei gesund werden konnte.

Als ich den Gipfel fast erreicht hatte, drang mir ein fauliger Gestank in die Lunge. Ein graues Gesicht erschien über uns. Um ein Haar hätte ich den Halt verloren, als ich versuchte, uns zu verstecken. Ich zog Salbei vor mich, schützte sie mit meinem Körper. Mein Fuß rutschte ab. Salbei verbiss sich einen Aufschrei und klammerte sich an mir fest. Ich hing an einer Hand und hoffte, die Grauen würden nicht weiter über den Felsvorsprung blicken, auf dem sie standen.

Thorbjorn! Geht es dir gut?

Mein Fuß fand wieder Halt. *Alles gut.* Ich bewegte mich mit Salbei vor mir die Felswand entlang, bis wir einen schmalen Weg fanden.

Es geht uns gut. Wir haben einen Weg nach oben gefunden, aber die Grauen warten über uns.

Wenn ihr einen Weg nach oben gefunden habt, können sie einen Weg nach unten finden, gab Rolf zurück.

Ich weiß. Wir sind umzingelt. Wir können nicht weg.

Wir brauchen eine Ablenkung. Kaum hatte er es ausgesprochen, begriff ich, was er vorhatte.

Rolf ... nein!

Als ich nach unten schaute, sah ich, wie sich mein Kriegerbruder in ein Monster verwandelte und dazu ansetzte,
auf den Feind hinabzuspringen.

Doch bevor sich Rolf rühren konnte, wand sich Salbei
aus meinen Armen und rannte den Weg hinauf davon.

SALBEI

Ich preschte den Gebirgsweg hinauf, um Thorbjorn abzuschütteln. Vor mir bewegten sich schaurige Gestalten durch den Nebel, und ein fauliger Geruch schlug mir entgegen.

Die Grauen blieben stehen, als ich den Weg hinaufrannte. Sie breiteten die Arme aus, als würden sie mich erwarten. Ihre Haut schien sich von den Knochen zu schälen.

Erschrocken scheute ich.

»Salbei! Halt!«

»Nehmt mich«, brüllte ich dem vordersten Grauen zu.

»Wenn ihr sie in Ruhe lasst, könnt ihr mich haben. Aber ihr dürft ihnen nichts tun.«

Der Graue setzte sich in Bewegung, und ich bremste jäh ab. Ich entdeckte einen Felsbrocken, stieg hinauf und rückte mit den Füßen bis an den Rand vor. »Ich stürze mich in die Tiefe. Wenn ihr ihnen etwas tut, bekommt ihr mich nicht.«

Ein Licht flackerte vor den Grauen. Eine behelmte Gestalt erschien, größer als der größte Graue, fast so groß wie ein Berserker, aber spindeldürr wie ein Skelett. Die

Erscheinung hob eine knochige Hand. Ein stinkender Windstoß erfasste mich.

»Ich für sie«, sagte ich zu dem Geist. »Haben wir eine Vereinbarung?«

Er nickte.

»Salbei, lauf!«

Zwei Monster stürmten den Pfad hinter mir herauf. Tränen schnürten mir die Kehle zu. Sie hatten getan, was sie konnten, um für mich zu sorgen. Nun war ich an der Reihe.

»Geht nach Hause«, sagte ich zu ihnen. »Führt euer Leben weiter. Nehmt euch eine Gefährtin, die euer würdig ist.« *Sie wird rein und alles sein, was ihr verdient.* »Lauft!«

Kalte Hände packten meine Arme und zogen mich zurück. Ich spürte sie nicht, nahm nur noch Rolf und Thorbjorn wahr, die hinter mir her hetzten.

Die Grauen drängten sich mit gezückten Piken an mir vorbei.

»Nein!«, schrie ich und drehte mich zurück zu dem Geist. »Du hast es versprochen!«

Er streckte sich nach mir, und ich spürte plötzlich Grabeskälte, einen eisigen Windstoß, der an mir vorbeifegte. Wenn er mich berührte, würde ich vielleicht in eine andere Welt befördert werden, in der ich nie frei sein würde.

Da setzte ich mich zur Wehr, trat nach den Grauen, die mich trugen. Die alte Salbei war schwach und klein, aber ich hatte wochenlang gut gegessen und die magische Luft der Anderswelt geatmet. Wenn ich mich nicht befreite, würden Thorbjorn und Rolf sterben.

Gebrüll erhob sich. Es zeugte von Wut und Schmerz. Meine Gefährten, die sich in den Kampf stürzten.

Als es mir gelang, die Grauen abzuschütteln, fiel ich hart. Ein Messer landete neben mir. Ich schnappte es, stach auf Beine ein und kroch weg, bis ich genug Platz hatte, um mich zum Rand des Felsvorsprungs zu rollen.

Dort stand ich auf und setzte mir das Messer an die Kehle.

»Bleibt weg!«, stieß ich gurgelnd hervor. »Lasst uns vorbei, oder ich beende es. Ihr bekommt mich nicht. Und meine Gefährten werden ihre Leben opfern, um eure zu beenden.«

Der Geist hob die Hand.

Obwohl Nebel um ihn herum wirbelte, konnte ich ihn deutlich sehen.

»Du hast keine Macht über mich«, spie ich ihm entgegen. »Du kannst keinen Anspruch auf meinen Geist erheben. Meine Gefährten sind bei mir.«

Die Grauen rückten näher. Als ich zurückwich, rutschten meine Füße über den Felsboden, und ich schnitt mir leicht in den Hals. Die Verletzung brannte, und der Anblick des Blutes musste den Totenkönig wohl überzeugt haben, dass es mir ernst damit war, mir das Leben zu nehmen.

Die Grauen senkten die Piken. Die Vordersten bekamen die volle Wucht der Raserei der Bestien ab, als Rolf und Thorbjorn den Pfad heraufpflügten. Sie erreichten mich in dem Moment, als die Geistererscheinung flackernd verschwand.

»Salbei!« Die Bestie, die Thorbjorn war, hievte mich in ihre Arme, dann rannten wir und rannten. Wir hielten nicht an, bis sich ein Berg aus dem Nebel erhob.

Erst da lockerte ich den Griff um das Messer.

Um ein Haar hätte ich aufgeschrien, als sich dunkle Schemen aus den Dunstschwaden lösten.

»Ist schon gut«, brummte Thorbjorn. »Das sind unsere Kameraden.«

Berserker reihten sich neben uns ein, begleiteten uns. Der Nebel lichtete sich genug, dass ich flüchtige Blick auf Rolf in Wolfsgestalt erhaschte, der vor uns rannte. Er verschwand, und auch die uns begleitenden Berserker scherten aus, bis ich allein mit Thorbjorn zurückblieb. Blut war auf seiner Stirn getrocknet. Ich kratzte es weg und betrachtete mit gerunzelter Stirn die Schnitte an seinem Rücken.

»Du bist verletzt.«

»Das heilt«, gab er mit versteinerter Miene zurück. Er sah mich nicht an.

Ich legte die Hand auf sein Gesicht und streichelte seine Wange. »Es tut mir leid. Ich habe getan, was ich musste, um uns zu retten.«

Er verlagerte mein Gewicht auf seinen Armen und löste wortlos meinen Griff um seinen Hals.

Unbehagen nistete sich in mein Herz ein.

Aus dem dichten Wald tauchte ein aus riesigen Baumstämmen errichtetes Gebäude auf. Die Stümpfe sprenkelten noch die Lichtung vor der Hütte. Thorbjorn marschierte schweigend durch die Tür, bevor er mich abstellte.

»Thorbjorn? Wo ist Rolf?«

»Weg. Er wird den Alphas Bericht erstatten. Das muss ich auch.«

»Thorbjorn!«, rief ich und versuchte, ihn auf dem Weg nach draußen aufzuhalten. »Es tut mir leid. Ich wollte euch nicht verlieren.«

Er wandte sich nur ab.

»Thorbjorn«, flehte ich. »Bitte. Halt an und sprich mit mir.«

»Bleib drinnen«, befahl er mir. »Ich schicke jemanden zu dir.« Er ließ den Blick abgewandt.

Schluchzend holte ich Luft. »Verlass mich nicht.«

Jäh hob sich sein Kopf. Seine Augen leuchteten golden. Er öffnete den Mund, schüttelte knapp den Kopf und ging, zog die Tür so wuchtig zu, dass Staub durch die Luft tänzelte.

Ich rollte mich ein und weinte.

DIE TÜR ÖFFNETE SICH KNARREND, während ich wie betäubt auf dem Bett lag.

»Salbei?«, rief eine vertraute Stimme. Eine junge Frau streckte den Kopf herein. Sonnenlicht umrahmte ihren goldenen Schopf, den sie als geflochtenen Dutt trug.

»Hasel!« Ich setzte mich auf. Mein Hals schmerzte vom Weinen. »Bist du das?«

»Salbei.« Sie schob die Tür auf. Ich hob den Arm, um das hereinflutende Licht abzuwehren. Im nächsten Moment umarmte mich meine Freundin.

»Oh Salbei, ich bin ja so froh, dass du hier bist.«

»Hasel«, murmelte ich, während sie mich drückte. »Ich dachte, du wärst tot.«

Schließlich zog sie sich zurück, die Wangen gerötet, das Haar zerzaust. Mir schien, dass sie neue Sommersprossen im hübschen, sonnengebräunten Gesicht hatte. »Das wäre ich fast gewesen. Aber ein Berserker hat mich aus der Gruft des Totenkönigs gerettet. Wie ich höre, war deine Flucht genauso furchterregend.«

Ich wich ein Stück zurück, sehnte mich vor allem nach Neuigkeiten über Rolf und Thorbjorn. »Was hast du gehört?«

»Deine Gefährten haben den Alphas berichtet, dass euch von den Grauen aufgelauert wurde, nachdem sie dich aus dem Kloster geholt hatten. Aber ihr habt die Hilfe einer

Hexe in Anspruch genommen und euch für mehrere Wochen in einer anderen Welt versteckt. Ist das wahr?«

»Ja.«

»Wie erstaunlich. Und dann seid ihr wieder mitten unter die Grauen geraten?« Ein Schauder durchlief ihren Körper. »Gut, dass deine Gefährten bei dir waren.«

»Sie sind nicht meine Gefährten.« Das hatte mir Thorbjorns Verhalten deutlich vor Augen geführt. Sie wollten nichts mehr mit mir zu tun haben.

Hasel zog die Augenbrauen hoch, erwiderte jedoch nichts.

»Ich ...« Ich schluckte. »Ich weiß nicht, was sie für mich sind.«

»Willst du dich nicht mit ihnen paaren?«

»Ich weiß es nicht.« Mein Körper fühlte sich so schwer an, als hätte er sich in Stein verwandelt. Ich wünschte, dasselbe Los würde mein Herz ereilen, aber es schlug weiter und pumpte mit jedem Schlag Schmerz durch mich.

Hasel setzte sich aufrechter hin. Sie wirkte so anders als das Mädchen, an das ich mich aus dem Kloster erinnerte. Stärker, selbstbewusster. Ihr Blick wirkte offen und klar, ihre Haut schien förmlich zu leuchten. »Wenn du sie nicht auserwählst, kann mein Gefährte mit den Alphas reden. Sie werden dich nicht zwingen, sie als Gefährten anzunehmen.«

»Daran liegt es nicht ... Ich weiß nicht, was ich tun soll. Ich habe alles verdorben. Oh Hasel.« Ich rollte mich ein und weinte wieder. »Sie hassen mich.«

»Nein, Salbei, nein.« Hasel schlang die Arme um mich, wiegte mich und redete beruhigend murmelnd auf mich ein. »Warum sagst du das?«

Ich erzählte ihr, was sich ereignet hatte, wie ich mein Leben aufs Spiel gesetzt hatte, um meine Krieger zu retten, und wie stattdessen sie mich erneut gerettet hatten.

»Sie können es nicht leiden, wenn wir in Gefahr sind. Aber Salbei, sie haben vor dem gesamten Rudel Anspruch auf dich deutlich gemacht. Sonst wärst du nicht hier in dieser Hütte, die sie für ihre künftige Braut gebaut haben. Du wärst in der Hütte bei den anderen ungepaarten *Holzmouwas*.«

Hoffnung keimte in mir, trotzdem schüttelte ich den Kopf. »Wo sind sie dann? Warum sind sie nicht hier?«

»Thorbjorn ist zu den Alphas gegangen, um ihnen Bericht zu erstatten. Der Totenkönig hat die Macht, ihre Rudelbindungen zu unterbrechen. Mehrere Berserker sind verschwunden, und die Alphas finden sie nicht. Rolf ist losmarschiert, um nach ihnen zu suchen.« Sie verzog das Gesicht. »Knut hat mir erzählt, dass Thorbjorn darum ersucht hat, auch losgeschickt zu werden.«

»Wirklich?« Damit bestätigten sich meine schlimmsten Befürchtungen. »Sie wollen mich nicht haben«, flüsterte ich mehr zu mir selbst als zu Hasel.

»Oh Salbei.« Meine Freundin umarmte mich erneut. »Ich bin sicher, sie wären nur zu gern hier bei dir. Aber im Augenblick werden sie gebraucht. Knut sagt, Rolf ist der beste Kundschafter. Deshalb ist es nur sinnvoll, dass die Alphas ihn losgeschickt haben, um dabei zu helfen, den Rest des Rudels wohlbehalten nach Hause zu holen. Es werden noch viele vermisst.«

»Ich verstehe.« Obwohl es selbstsüchtig von mir war, ich wollte meine Krieger bei mir haben. »Was ist mit unseren Freundinnen?«, fragte ich pflichtbewusst, obwohl meine Gedanken allein um meine Krieger kreisten.

»Weide ist in Sicherheit. Sie und ihre Gefährten werden bald zurückkehren. Vom Rest unserer Freundinnen weiß ich nichts. Ich glaube, auf Lorbeer ist Anspruch erhoben worden.« Sie verstummte kurz. »Knut sagt, eine *Holzmouwa* namens Lorbeer ist jetzt mit zwei Kriegern namens Ulf und Haakon gepaart.«

Ich sprach ein stilles Gebet für Lorbeer. Obwohl ich sie eher beneiden sollte, wenn ihre Krieger so freundlich und sanftmütig wie meine waren.

Hasel runzelte konzentriert die Stirn und legte den Kopf schief, als lauschte sie etwas, das ich nicht hören konnte. Ihr hünenhafter Gefährte stand vor der Tür und ließ den Blick über das Feld wandern.

»Knut und du ... könnt ihr in euren Gedanken miteinander reden?«, fragte ich.

Sie blinzelte und sah mich an. »Ja, das ermöglicht die Paarungsbindung.«

»Ich verstehe.« Ich verspürte einen Stich im Herzen. Kaum hatten wir die Hütte der Hexe verlassen, war ich nicht mehr in der Lage, diese Verbindung zu Rolf und Thorbjorn herzustellen. Ein weiteres Zeichen dafür, dass ich ihrer nicht würdig war.

»Am Anfang ist es nicht einfach«, fügte Hasel hinzu und ergriff meine Hand. »Ich habe dir so viel zu erzählen, und ich bin erst seit wenigen Tagen gepaart. Ich kann dir auch ein paar weitere Berserker-Bräute vorstellen. Darunter sind vier Schwestern, die ersten *Holzmouwas*, die von den Berserkern gefunden wurden.«

Eigentlich wollte ich nichts von glücklich gepaarten Verbindungen hören, solange Rolf und Thorbjorn weg waren.

Was, wenn sie nie zurückkehrten? Was, wenn sie mich nicht wollten? Was, wenn sie getötet wurden? Ich wusste nicht, was davon schlimmer wäre.

Meine Augen wurden wieder wässrig, und Hasel sprang auf.

»Genug geredet. Du brauchst ein Bad. Danach wirst du

dich besser fühlen.« Sie zog an mir. »Komm. Du willst doch wunderschön aussehen, wenn deine Gefährten zurückkehren, oder?«

Ich drängte meine Tränen zurück und nickte.

Sie beschäftigte mich den Rest des Nachmittags, wärmte Wasser und half mir beim Waschen mit einem Schwamm.

Sie rümpfte die Nase über das kurze Kleid, das mittlerweile fleckig war und miefte, trotzdem erlaubte ich ihr nicht, es wegzuwerfen. Rolf und Thorbjorn hatten es mir geschenkt. Und obwohl ich es anfangs gehasst hatte, stellte es mittlerweile meinen kostbarsten Besitz dar. Wir wuschen es aus und hängten es zum Trocknen auf. Ich schlüpfte in ein weiches, gelbes Gewand und saß da, während sich Hasel die Mühe machte, mein Haar zu entwirren und zu flechten.

Auf ein stummes Zeichen hin brachte ihr Gefährte mehr Brennholz. Knut war ein großer, breitschultriger Krieger mit zerklüfteten Zügen.

Ich schrak vor ihm zurück, doch er würdigte mich kaum eines Blickes, obwohl er keine Gelegenheit ausließ, seine Gefährtin zu berühren. Seine großen Hände streiften ihre Hüften, als sie die Köpfe zu einer geflüsterten Unterhaltung zusammensteckten. Nach einem Kuss auf ihre Lippen ging er wieder.

»Knut wird sich bei den Alphas erkundigen, wann deine Gefährten zurück sein werden. Komm mit, Salbei.«

»Ich kann nicht. Ich muss hierbleiben. Thorbjorn hat es befohlen.«

»Thorbjorn hat dich in Knuts Obhut gelassen.«

»Er sieht mich ja nicht mal an.«

»Er möchte seine Berserker-Kameraden nicht beleidigen, indem er mit dir spricht. Er will erst warten, bis ihr Anspruch dich zeichnet. Und selbst dann wird er nur mit dir sprechen, wenn sie anwesend sind.« Hasel verdrehte die Augen. »Durch die Bestie in ihnen haben sie einen ausgesprochenen Beschützerinstinkt. Knut kann es nicht leiden, wenn ich andere Krieger auch nur ansehe.«

»Ich verstehe«, sagte ich, nach wie vor sehnsüchtig.

»Komm mit uns. Es wird alles gut. Ich glaube, Knut hat einen Plan. Halt dich an mir fest.«

Sie trug einen Kragen. Der silberne Ring ähnelte den Armringen, den ich an einigen Berserkern gesehen hatte, nur hatte sie ihn um den Hals. Knut ließ die Finger fest um ihr Handgelenk gelegt. Hasel wiederum hielt meine Hand fest.

Wir näherten uns einem riesigen Lagerfeuer, von dem Rauch zu dem hohen Berg wehte.

Krieger bewegten sich umher. Manche trugen Waffen und Lederrüstungen, andere marschierten nackt zwischen die Bäume davon. Vereinzelt blitzte im Unterholz silbriges Fell auf – Krieger in Wolfsgestalt, die den Bereich bewachten.

Als Knut uns näher zum Feuer führte, drehten sich etliche Krieger nach uns um und starrten uns an.

Hasel ließ den Kopf gesenkt und sah nur mich oder Knut an. Ich tat dasselbe.

Als wir eine Gruppe von Berserkern passierten, streckte ein großgewachsener Krieger die Hand aus und streifte beinah meinen Ärmel.

Ich zuckte zusammen, und Knut knurrte. Der andere Krieger ließ die Hand sinken. Knut starrte die Gruppe der Berserker finster an. Nach einigen Herzschlägen wichen sie zurück.

»Ist alles gut«, murmelte Hasel. »Siehst du? Knut sorgt für deine Sicherheit. Du kannst ihm vertrauen.« Wieder drückten ihre Finger meine Hand.

Aber als wir zum Feuer gelangten, versperrte ein besonders muskelbepackter Krieger Knut den Weg.

»Sei mir gegrüßt mit deiner Gefährtin.«

Knut reckte das Kinn vor und brummte einen Gruß.

»Wer ist die Hübsche? Nimmst du dir zwei *Holzmouwas* zum Paaren, während der Rest von uns noch verzweifelt nach einer sucht?«

»Ist nicht meine Schuld, dass du nicht für den Angriff auf das Kloster ausgewählt worden bist«, gab Knut zurück. »Aber nein, ich habe nur eine Gefährtin. Sie ist mit dieser anderen Frau aus dem Kloster befreundet. Thorbjorn und Rolf haben Anspruch auf sie erhoben.«

Der unbekannte Krieger schnupperte. »Sie trägt nicht ihren Geruch. Wenn sie zu ihnen gehört, warum sind sie dann nicht hier?«

»Sie sind unterwegs zu einer Mission für die Alphas.«

Der Krieger lehnte sich an Knut vorbei und ertappte mich dabei, dass ich ihn anstarrte. »Siehst du was, das dir gefällt, kleines Frauchen? Wenn du jemanden willst, der dir das Bett wärmt, bis deine Männer zurück sind, springe ich gerne ein.«

Rasch wandte ich den Blick ab und rückte näher zu Hasel, die einen Arm um mich schlang.

»Lass sie in Ruhe«, warnte Knut grollend, bevor er Hasel und mich ein Stück weg von der allgemeinen Menge führte.

Wir setzten uns auf Felsbrocken und aßen das Fleisch, das Knut uns brachte. Die Ansammlung der Krieger um das Feuer wuchs. Auch eine bezaubernde blonde Frau kam vom Gebirgspfad, flankiert von zwei hünenhaften Kriegern. Sie ging mit hoch erhobenem Haupt.

Hasel stupste mich. »Zwei der Alphas vom Tieflandrudel.«

»Es gibt zwei Rudel?«, flüsterte ich zurück.

»Ja. Der große blonde Wikinger ist ihr Anführer. Er hat seine Gefährtin hierher gebracht, als der Totenkönig entdeckt wurde. Jetzt führen die Alphas die Rudel zu einem zusammen«, erklärte Knut und lehnte sich herab. Er sah mich nicht an und redete nicht mit mir, jedenfalls nicht direkt. Aber er sprach laut, obwohl er genauso gut die Paarungsbindung hätte verwenden können. »Mit vereinten Kräften werden wir besser in der Lage sein, die *Holzmouwas* zu beschützen.«

Ich hoffte, wir befanden uns weit genug entfernt, dass sie mich nicht beim Hinstarren ertappten.

Ein Mann hatte das lange Haar zu einem Zopf geflochten. Beim anderen überzogen Tätowierungen die Arme. Vor allem jedoch richtete ich das Augenmerk auf die Frau zwischen ihnen.

Obwohl sie nicht besonders groß war, gebot allein ihre Gegenwart unwillkürlich Aufmerksamkeit. Auf ein Zeichen von ihr traten ihre Gefährten näher zu ihr hin und neigten die Köpfe, um ihr zu lauschen.

»Wer ist die Frau?«

»Sabine mit ihren Gefährten. Sie ist eine mächtige *Holzmouwa*, beinah eine Hexe. Sie hat ihren Alpha Ragnvald gezähmt, als er halb wahnsinnig in einer Höhle angekettet war.«

»Das ist die Macht einer *Holzmouwa*«, brummte Knut über uns und erschreckte mich damit. Ich hatte nicht gedacht, dass er zuhörte. »Eine Berührung, und schon schläft die Bestie. Wir erleben einen Frieden, den wir über hundert Jahre nicht gekannt haben.«

Er legte die Hand auf Hasels Genick, eine besitzergreifende, aber durchaus zärtliche Berührung.

Sie hob den Arm und legte die zierlichen Finger auf seine große Pranke.

Sabine und ihre Gefährten näherten sich dem Feuer. Krieger gingen aus dem Weg, damit sie sich Plätze unmittelbar an den Flammen aussuchen konnten. Die umherlaufenden Männer beschrieben einen Bogen um sie, kamen ihnen nur nahe, wenn sie sich mit geneigten Häuptern an die Alphas wandten, weil sie etwas wollten. Der tätowierte Alpha nahm Fleisch und ein Trinkhorn mit Met von einem respektvollen Krieger entgegen. Er bot das Horn dem blonden Alpha an. Der nahm es und hielt das geschnitzte Gefäß mit langen anmutigen Fingern – Fingern eines Barden oder eines hochwohlgeborenen Lords, nicht die eines Kriegers.

Der tätowierte Alpha zog die blonde Frau vom Feuer weg und setzte sie auf einen Stein in unserer Nähe. Der Schein des Feuers erhellte ihre Gesichter. Ihre Züge wirkten hochmütig, seine eindringlich. Sie griff nach dem Fleisch, und er schüttelte den Kopf. Mit knappen, anmutigen Bewegungen wie ein Vogel setzte sich die Frau namens Sabine mit den Händen auf dem Schoß zurück und wartete. Er fütterte sie mit den Fingern.

Ihre Augen funkelten und ihre Wangen röteten sich, aber sie nahm jeden Bissen an. Als sie den Kopf hob, fing sich das Licht glänzend in Metall um ihren Hals.

Sie trug einen Kragen, der dem von Hasel ähnelte.

Eine weitere Gruppe traf ein, bestehend aus einem bärtigen Krieger, der vor einer Frau ging, gefolgt von zwei weiteren Kriegern dahinter. Ich brauchte einen Moment, um zu begreifen, dass sie eine Einheit bildeten.

»Schwestern«, flüsterte Hasel mir zu. Zwei Schwestern, die mächtigen *Holzmouwas*, die Berserker-Bestien zähmten.

Sie sahen aus wie gewöhnliche Frauen.

Gebrüll erhob sich. Ich versteifte den Körper. Die

Krieger klopften sich gegenseitig auf den Rücken und jauchzten wild.

»Leif und Brokk sind zurück«, meldete Knut. »Zusammen mit ihrer Gefährtin.« Grinsend zog er an Hasels Haar.

»Wie heißt sie?«

»Weide.«

Hasel und ich wechselten einen Blick. War unsere Freundin Weide wirklich glücklich bei ihren Gefährten?

»Ulf und Haakon sind auch hier.«

»Können wir Lorbeer sehen? Und Weide?«, platzte ich heraus.

Hasel warf Knut einen flehentlichen Blick zu. Er stellte das Trinkhorn mit Met ab und zog sie zwischen seine Beine. Dann fuhr er ihre Augenbrauen und ihren ernsten Mund nach, bevor er sie küsste.

Ich schaute weg, wollte ihren persönlichen Augenblick nicht bespitzeln.

»Natürlich«, antwortete Knut schließlich. »Natürlich wirst du deine Freundinnen sehen. Ihr könnt euch gegenseitig helfen, euer neues Leben als geschätzte Gefährtinnen zu feiern.« Obwohl er mit Hochmut sprach, errötete Hasel mit einem verhaltenen Lächeln im Gesicht, während er ihr Genick massierte. Ihre Lider senkten sich auf halbmast, ihre Züge wirkten zufrieden. Knut schmunzelte und küsste sie erneut. Diesmal war es eher ein kurzer Schmatz auf die Lippen, eine besitzergreifende Geste, bevor er sie in seine Arme zog. Er ergriff das Trinkhorn, neigte es zu ihr und gab ihr kleine Schlucke. Zwar lächelten sie beide nicht, aber sie sahen sich mit Liebe in den Augen an.

Mein gesamter Körper verging sich nach Rolf und Thorbjorn.

Im Verlauf der Nacht wurde die Feier um das Lagerfeuer

ausgelassener. Ein paar Krieger rollten unter großem Jubel einige Fässer herbei. Der Met floss wie Wasser. Zwei Wölfe kamen kläffend aus dem Wald gerannt und schnappten nacheinander. Sie kämpften, während Männer um sie herum Wetten abschlossen. Die Alphas rührten sich nicht von ihren Plätzen neben Sabine, lösten die Blicke jedoch nicht von dem Gefecht. Als ein Wolf zum Sieger erklärt wurde und der Verlierer ihm an die Gurgel springen wollte, ging der tätowierte Alpha plötzlich dazwischen. Er griff direkt in das Getümmel ein, zog den Verliererwolf zu Boden und hielt ihn so lange unten, bis der Besiegte den Schwanz einzog und sich fügte. Nach einem leisen Befehl des blonden Alphas gab der tätowierte Alpha seinen Gefangenen frei. Die beiden Wölfe schlichen davon.

Knut stand auf, um sein Trinkhorn zu füllen. Der Weg führte ihn an den Alphas vorbei, und er blieb kurz stehen, bevor er weiterschlenderte.

»Er wird Neuigkeiten über deine Gefährten in Erfahrung bringen«, sagte Hasel zu mir. »Hab Vertrauen.«

Ein weiterer Streit brach aus, diesmal zwischen zwei Kriegern. Brüllend zogen sie Waffen. Wieder griffen die Alphas ein, aber als die Krieger die Äxte und Messer weggeworfen hatten, durften sie eine Art Ringkampf fortsetzen.

Der Mond ging auf. Sein Licht brachte Sabines blondes Haar zum Schimmern. Sie saß auf dem Schoß des tätowierten Alphas. Als sich Gebrüll erhob, drehte sie den Kopf und küsste ihn.

Ein Stück entfernt verschwand ihre Schwester Fleur im Kreis ihrer Gefährten und tauchte wieder auf, als der große, kahle Krieger sie hochhob. Er trug sie auf den Rand der Bäume zu, sie hatte die Arme um seinen Nacken geschlungen. Unterwegs küssten sie sich. Die beiden anderen Krieger rannten neben ihnen einher.

Ich presste die Schenkel zusammen. Würden die Männer sie nehmen, sobald sie außer Sicht wären?

Unmittelbar vor uns setzte sich Sabine rittlings auf ihren Alpha, küsste ihn erneut und fädelte die Finger in sein Haar.

Hasels Atmung beschleunigte sich. Sie blieb nicht unberührt von den Ereignissen. Knuts Hände wanderten über ihre Arme auf und ab, kniffen sie in die Ohren, fuhren durch ihr Haar.

Ich wetzte hin und her, fühlte mich fehl am Platz. Dank Knuts Ruf richtete sich Aufmerksamkeit auf mich, wenngleich nur in Form von ein paar starrenden Blicken. Jeder dieser Krieger wäre gern bereit gewesen, Anspruch auf mich zu erheben, doch es war keiner darunter, den ich wollte.

»Salbei«, sagte Knut plötzlich. »Geh zum Feuer und hol mehr Met.« Er hielt mir ein Trinkhorn entgegen. Als ich es annahm, warf ich einen panischen Blick zu Hasel.

»Knut ...«, begann sie. Er schlang einen Arm um ihren Hals und zog sie näher.

»Vertrau mir«, sagte er und küsste sie abermals, neigte sie nach hinten und ließ die Hand über sie wandern, bis sie stöhnte.

Zittrig erhob ich mich und ging auf das Feuer zu, hielt das Horn, als könnte es mich irgendwie schützen. Als ich den Krieger erreichte, der an den Metfässern ausschenkte, wirbelte er überrascht herum, doch er nahm das Trinkhorn entgegen, füllte es und gab es mir zurück.

»Bleib doch und trink mit mir, Kleines«, rief ein Krieger und öffnete damit die Schleusen für andere. Ein anderer Krieger stieß einen Pfiff aus, um meine Aufmerksamkeit zu erlangen. Erschrocken zuckte ich zusammen.

»Ruhig, Süße«, sagte der Krieger, der mir den Met gegeben hatte. »Zeig keine Angst.«

Ich straffte den Rücken und marschierte zurück zu Knut, der mich beobachtete. Ich ließ die Augen niedergeschlagen, mied die Blicke der Krieger, die mich zischend dazu bringen wollten, dass ich sie ansah. Auf halbem Weg zurück baute sich ein riesiger Körper vor mir auf.

»Was ist das denn? Eine unbeanspruchte *Holzmouwa*?«

»Sie *ist* beansprucht«, rief Knut. »Sie gehört zu Rolf und Thorbjorn.«

»Ich sehe sie hier nicht. Und was hält mich davon ab, hier und jetzt vor dem Rudel selbst Anspruch auf sie zu erheben?«

»Das wäre nicht klug«, stieß Knut mit knurrendem Unterton hervor, setzte Hasel beiseite und stand auf. Allerdings befand er sich zu weit entfernt, um den Krieger davon abzuhalten, nach mir zu greifen.

»Bleib weg von ihr«, ertönte ein geknurrter Befehl, und mein Herz vollführte einen Satz. Thorbjorn raste an mir vorbei und schleuderte sich gegen den Krieger. Nach einigen gezielten Schlägen landete der andere Berserker auf dem Boden. Thorbjorn drehte sich mir zu.

»Salbei.« Seine Hand war halb menschlich, sein Gesicht das des Monsters, trotzdem ging ich zu ihm, ohne zu zögern. Schwungvoll hob er mich auf seine Arme, und ich entspannte mich.

»Ich erhebe zusammen mit meinem Kriegerbruder Anspruch auf diese Frau«, verkündete Thorbjorn.

»Sie trägt nicht euren Geruch«, kam von dem Krieger auf dem Boden, der Blut ausspuckte.

»Das wird sie nach dieser Nacht.«

Unter allerlei Johlen und Jubelrufen stapfte er mit mir davon.

Hasels Blick folgte uns mit großen Augen. Knut zog sie zufrieden lächelnd zu sich. Er hatte das geplant – ließ mich vor dem Rudel aufmarschieren, damit Rolf und Thorbjorn ihren Anspruch auf mich verkünden konnten. Ich wusste nicht recht, ob ich ihn dafür hassen oder ihm dankbar sein sollte.

Thorbjorns Gesicht wurde wieder vollständig menschlich, als das Licht des Lagerfeuers in der Ferne verblasste. Schweigend erklomm er den Berg zu unserer Hütte.

Dort stellte er mich ab, und ich klammerte mich mit klappernden Zähnen an ihn. Behutsam löste er meine Finger von dem Fell, das er um die Schultern trug, streifte es ab und wickelte es um mich.

Er entfernte sich von mir, um einen Becher Wasser zu holen, und hielt ihn für mich, während ich trank.

»Was hast du dir dabei gedacht, allein unter den Kriegern herumzulaufen?«

»Knut hat mich geschickt. Ich wollte nicht gehen.« Meine Beine wurden schwach, und ich sackte gegen ihn. »Ich wollte es nicht tun ... das musst du mir glauben ...«

»Ruhig, ruhig.« Thorbjorn hob mich wieder hoch und setzte sich aufs Bett. Ich schmiegte mich an ihn, füllte mir die Nase mit seinem holzigen Duft. »Ich werde Knut umbringen«, brummelte er an meinem Haar.

Ein Lachen stieg aus mir auf. »Er hat es für mich getan. Er wollte dich dazu anspornen, deinen Anspruch geltend zu machen.« Erschöpft hob ich den Kopf von seiner Schulter. »Ich weiß, dass du mich nicht als Gefährtin haben willst.«

Im Handumdrehen lag ich auf dem Rücken und starrte zu Thorbjorn hoch. Der bärtige Krieger hielt meine Arme über meinem Kopf fest. Mit der anderen Hand fuhr er meinen Körper hinab und brachte mich zum Schaudern.

»Willst du nicht unsere Gefährtin sein?«

Ich biss mir auf die Unterlippe, als mir Tränen in die

Augen traten. Wie konnte ich ihre Gefährtin werden? Ich war schwach, so schwach. Unwürdig und gebrochen.

»Antworte mir«, verlangte er knurrend. Ich drehte den Kopf zur Seite, weil ich seinen gegen mich gerichteten Zorn nicht sehen wollte.

»Doch«, antwortete ich. »Doch, das will ich, aber ...«

Er zog mich auf die Beine, riss mir das Kleid vom Leib und hob mir die Arme wieder über den Kopf.

»Mein«, sagte er. Seine Augen leuchteten golden, als er in mich eindrang. »Mein.«

»Dein«, pflichtete ich ihm bei.

Seine Hüften rammten sich gegen meine. Er schob sich so tief in mich, dass ich jeden Zoll von ihm in mir spürte. Dann beschleunigte er den Takt, hämmerte in meinen Körper, bis ich in einem Taumel der Ekstase schwebte.

Grob küsste er mich und holte mich zurück auf die Erde. »Salbei. Salbei, es tut mir leid.«

Ich streichelte seine Schultern und hakte die Beine um ihn. »Was meinst du?«

»Ich ... Die Bestie. Wir waren so wütend, als du dein Leben aufs Spiel gesetzt hast. Wir wollten nicht das Wagnis eingehen, die Kontrolle zu verlieren.« Seine Finger krallten sich in meine Hüften. »Du wolltest dich vom Totenkönig mitnehmen lassen.«

»Ich wollte euch retten.«

»Du wirst dich nicht für uns opfern. Nicht du, die selbst so viel durchlitten hat.«

»Es ist mein Leben.«

»Nicht mehr.«

»Ihr habt mich verletzt. Ihr habt mich verlassen.«

»Du hast uns verlassen. Wir haben dir gesagt, du sollst bleiben.«

»Ich konnte nicht mitansehen, wie ihr sterbt«, platzte ich hervor.

Er glitt wieder in mich und bewegte sich mit langsamen, strafenden Stößen. Ich klammerte mich an ihm fest, gab mich dem Vergnügen hin und wölbte den Rücken durch, um ihn tiefer aufzunehmen.

»Nie wieder«, sagte er, und der Blick seiner goldenen Augen bohrte sich in mich. »Du wirst nie wieder ungehorsam sein.«

»Ihr werdet mich nie wieder verlassen«, konterte ich.

»Richtig«, antwortete er. »Werden wir nicht. Du gehörst zu uns.«

So schliefen wir ein, ineinander verschlungen. Am nächsten Morgen erwachte ich mit seinem Mund zwischen den Beinen. Danach ließ er sich von mir lutschen. Anschließend entfernte er den Samen von meinem Körper, indem er mich zärtlich badete.

»Wo ist Rolf?«, fragte ich. Mein Körper fühlte sich noch schwebend vor Befriedigung an, dennoch sehnte sich ein Teil von mir nach Rolf.

»Unterwegs zum Fährtensuchen. Eine große Gruppe von Berserkern fehlt. Ich war für die Mission zum Kloster verantwortlich. Rolf hat sich freiwillig als Fährtensucher gemeldet. Ich will dich nicht belügen, meine Gefährtin. Er ist wegen deinem Verhalten argwöhnisch. Es wird eine Weile dauern, bis er dir vergeben kann. Nach so vielen Jahren schmerzt es, wieder zu lieben und zu wissen, dass wir etwas so Verletzliches besitzen, das so leicht zerbrechen könnte.«

Ich drückte die Stirn an seine. »Ihr werdet nicht zulassen, dass ich zerbreche.«

»Du musst bestraft werden«, teilte er mir mit.

Meine Mitte wurde feucht.

Er hob den Kopf und schnupperte zufrieden. »Ach, Salbei. Du hast mir gefehlt.« Seine Hand senkte sich auf mein Genick. Ich wartete darauf, dass er mich führte, mich vornüberbeugte. Aber nach einem leichten Druck trat er zurück und kramte in einem Beutel an seiner Seite. »Weitere Berserker sind zurückgekehrt. Deine Freundinnen Lorbeer und Weide sind in Sicherheit. Wir werden feiern gehen. Aber zuerst ...« Er hielt einen Stöpsel hoch.

»Muss das sein?«

»Wem gehört das?« Seine Finger krallten sich in meinen Hintern.

»Euch.«

»Genau«, bestätigte er und klatschte mir auf die rechte Pobacke. Ich musste mich vorbeugen und meine Zehen berühren, während er mich mit den Fingern vordehnte, bevor er den eingeölten Stöpsel in mich schob.

»Was, wenn er mich nicht will?«, fragte ich. Meine Wangen röteten sich zugleich vor Erregung und Erniedrigung.

»Er wird dich wollen. Und wenn es so weit ist, wirst du bereit sein.«

ICH FÜHLTE MICH WENIGER BEKLOMMEN, als wir uns demselben Lagerfeuer wie am vergangenen Abend näherten. Eine größere Menge hatte sich eingefunden, und es stapelten sich mehr Fässer. Ich hätte nach meinen Freundinnen Ausschau halten sollen, doch stattdessen suchten meine Augen nur nach meinem fehlenden Gefährten.

»Da ist er.« Thorbjorn drehte mich mit den Händen an meinen Hüften in die richtige Richtung.

Rolf stand neben einem Baum, verschmolzen mit den Schatten.

»Geh zu ihm«, murmelte Thorbjorn und schob mich vorwärts.

Der Weg zu Rolf fühlte sich wie der längste meines Lebens an.

Feuerschein flackerte über seine Züge. Er hob den Kopf, sah mich aber nicht an.

Ich sank auf die Knie.

»Verzeih mir«, flüsterte ich.

Als er nichts erwiderte, ließ ich den Kopf hängen.

Das Rascheln von Blättern verriet mir, dass er weggegangen sein musste. Ich presste die Augen zu, fühlte mich zu leer zum Weinen. Vor Kummer beugte ich mich weiter vor und wünschte, die Erde würde sich auftun und mich verschlingen. Gern hätte ich mir eingebildet, ich wäre wieder in der Hütte der Hexe und kauerte zu Füßen des Kriegers, für alle Zeit geborgen und geschützt. Aber es war vorbei. Wenn Rolf mich ablehnte, würde es auch Thorbjorn tun. Sie konnten sich eine andere Gefährtin suchen und zusammen Anspruch auf sie erheben.

Sanfte Hände zogen mich hoch. »Liebes.« Rolf hob mich auf, aber ich traute mich nicht, ihm in die Augen zu sehen.

»Bitte verzeih mir. Ich tue dafür alles.«

»Du musst gar nichts tun, Liebes«, entgegnete er. »Du musst nur du sein.«

Ein Schluchzen erschütterte meine Brust, als ich mich an ihn lehnte.

»Oh Salbei, nicht weinen«, sagte Thorbjorn mir rauer Stimme. »Wir können alles ertragen, nur nicht deine Tränen.«

Ein Lachen stieg in mir auf.

Rolf lehnte die Stirn an meine. »Warum hast du dein Leben aufs Spiel gesetzt?«

»Um eures zu retten.«

Sein Knurren grollte an mir.

»Du wirst nicht noch einmal ungehorsam sein. Wir werden dich so lange züchtigen, wie es dauert, bis du es lernst.« Seine Lippen suchten mein Ohr, seine Zähne knabberten an meinem Ohrläppchen.

Meine Nippel richteten sich auf.

»Ja, Rolf.«

»Du gehörst uns, Salbei.«

»Ja.«

Ich wiegte mich an ihm. Seine Länge presste sich gegen mich und löste einen Sturm von Empfindungen zwischen meinen Beinen aus, als mein kurzes Kleid zu den Hüften hochrutschte.

Er ging mit mir in den Wald, wo der Schein des Feuers mit den Schatten tanzte.

Ich küsste seinen Mund, sein Kinn, seine Wangen, während ich mitgefegt wurde. Als er mich auf den Boden stellte, sank ich auf die Knie und drückte den Mund an seinen Schritt, wo ein steinharter Prügel gegen seine Hose presste.

»Nimm mich.« Ich fingerte an den Schnüren. »Ich gehöre dir. Ich werde immer dir gehören.«

Kaum hatte ich ihn herausgeholt, küsste ich ihn. Rolf stand über mir und ließ sich von mir in den Mund nehmen, allerdings nur für einen langen, langsamen Zug, bevor er mich auf die Beine hievte. Thorbjorn drückte sich von hinten an mich. Seine Hände arbeiteten sich unter mein Kleid und ertasteten meine Brüste.

Nur wenige Bäume schirmten uns vom Lagerfeuer ab, doch es war mir egal. Diese Männer konnten mich überall nehmen, und ich würde es begrüßen. Meinetwegen konnte die ganze Welt uns sehen und wissen, dass ich ihnen gehörte und sie mir.

Rolf hob mich als Erster hoch und ließ mich auf seine pralle Mannespracht gleiten. Thorbjorn half ihm, mich zu stützen. Er zog den Stöpsel aus meinem Hintern. Ich schrie auf.

»Nicht so laut, Mädchen. Sonst hören dich noch deine Freundinnen. Sie werden nachsehen kommen«, sagte Rolf.

»Das spielt keine Rolle. Dein Geruch, deine Nässe ist über unsere Prügel verteilt. Ihre Gefährten werden in diesem Augenblick die Köpfe heben und es riechen. Dann werden sie sich ihre eigenen Frauen schnappen und sich den nächstbesten Platz suchen, um sie zu nehmen. Heute Nacht wird auf alle *Holzmouwas* Anspruch erhoben. Ihre Schreie werden diesen Wald erfüllen.«

Während Thorbjorn sprach, drang er in mich ein. Schreiend schwebte ich höher. Beide Männer rieben an meinen geheimen Stellen und hoben mich empor an einen Ort, an dem es keine Gedanken gab, nur Empfindungen.

Ich zuckte wild und krallte mich fest, als mein Höhepunkt durch mich fegte, eine Welle blendender Ekstase nach der anderen.

Meine Gefährten erwiesen sich als rücksichtsvoll, schirmten mich mit ihren Körpern vor neugierigen Blicken ab.

Als ich vom Gipfel eines Orgasmus herabschwebte, schoben sich Rolf und Thorbjorn langsam erneut in mich. Prompt schraubten sie mich wieder höher. Sie fanden jede empfindsame Stelle in mir und verdrängten jeden Gedanken aus meinem Kopf.

Als ihre Bewegungen schneller wurden, senkten sich Rolfs Lippen auf meinen Hals. Er saugte kräftig daran.

Seine Zunge leckte über die pulsierende Schlagader. Ich ließ den Kopf zurückbaumeln, bot mich ihm dar.

Dann fasste Thorbjorn in mein Haar und drückte meinen Kopf so aus dem Weg, dass er die Lippen auf meine andere Schulter stülpen konnte.

Harsche, grunzende Laute ertönten, als sie beide zubissen. Die Schmerzen jagten mich von Lust zu höchster Ekstase. Ich schrie auf, konnte mich nicht zurückhalten. Ich flog hoch über meinem Körper und sah auf die muskulösen Hünen hinab, die mich zwischen sich stützten, mich wild rammelten und zugleich hielten, als wäre ich eine kostbare Perle.

Als sie kamen, umklammerten sie mich fest und ergossen sich in meinen Körper. Mein eigener Höhepunkt ließ mich um sie herum krampfhaft zucken und den letzten Rest aus ihnen melken. Irgendwann lösten sich ihre Zähne von meiner Haut.

Rolf hielt mich aufrecht, schmiegte sich an mein Gesicht, bis ich ihn küsste. Thorbjorn hinterließ eine Spur von Küssen über meinen Hals hinauf.

»Was war das?« Zittrig hob ich die Hand an den zwackenden Teil meiner Schulter.

Der Paarungsbiss. Rolf sprach in meinem Kopf.

Jäh schnellte mein Blick zu seinen Augen. Sie leuchteten golden, loderten aber nicht vor Hunger. Das Licht der Bestie wirkte sanfter, irgendwie ruhiger. Befriedigt.

Ich berührte Rolfs Lippen.

Du kannst mich hören. Er lächelte unter meinen Fingern.

Ich schüttelte den Kopf. *Das hätte ich nie für möglich gehalten.*

Glaub es ruhig, Gefährtin. Rolf winkelte den Kopf wieder an und schloss die leuchtenden Augen, als er meine Lippen forderte, den Mund auf sie presste, sie umwarb. Meine Arme schlangen sich fest um seinen Nacken.

Thorbjorn zog sich aus mir zurück und stützte meine Hüften. Er kniete sich hin und bedachte die Wölbung meiner Hüfte und meinen Hintern mit Küssen. Erregung stieg erneut wild in mir auf, bis meine Hüften gegen Rolf wogten, und er wurde in mir wieder hart. Es spielte keine Rolle, dass sich das Lagerfeuer und die schattigen Gestalten, die sich um die Flammen bewegten, nur wenige hundert Schritte entfernt befanden. Wir weilten in einer anderen Welt, einer Welt der Lust, einer Welt, die wir uns selbst erschufen.

»Mehr«, hauchte ich, aber Thorbjorn hielt meine Hüften ruhig.

»Unsere Gefährtin ist unersättlich. Bringen wir sie zurück zur Hütte und erheben wir Anspruch auf sie, wie es sich gehört.«

Thorbjorn legte mir seinen Mantel um die Schultern, doch Rolf ließ mich weder los, noch zog er mich von seiner Härte, während er den Weg zurück zur Hütte marschierte. Schritt für Schritt wurde mein Kopf schwerer, bis mein Körper im weichen Bett landete und ich mich in Rolfs Arme schmiegte.

»Schlaf, Liebes«, murmelte Thorbjorn, und dann bekam ich nichts mehr mit.

MEINE BEINE ZUCKTEN, als eine stoppelige Wange über meinen Schenkel nach oben schabte. Zwei Zungen wirbelten über meine Haut. Eine liebkoste die Innenseite meines Fußgelenks, die andere kitzelte mich etwas höher unter dem Knie. Meine Nippel strafften sich. Scharf atmete ich ein und schlug die Augen auf.

Rolf lag zwischen meinen weit gespreizten Beinen. Thorbjorn saß weiter unten, küsste mein Fußgelenk und nuckelte daran. Meine Finger krallten sich ins Bettzeug, während die Krieger meine empfindsame Haut verwöhnten, daran knabberten und mich zärtlich bissen, bis Rolf zum Scheitelpunkt zwischen meinen Schenkeln zurückkehrte. Thorbjorn richtete sich auf und setzte sich in die Nähe meines Kopfs, spielte mit meinen Nippeln, während sein Kriegerbruder meine weichen unteren Falten liebkoste. Rolfs Zunge umkreiste meine kleine Lustperle, kam ihr jedoch nie nah genug. Japsend bettelte ich, hob den Hintern vom Bett, um meine Mitte Rolfs Mund darzubieten.

Tropfen der Lust sammelten sich zu einem Meer, doch bevor mich die höher und höher brandende Welle erfassen konnte, zog Rolf das Gesicht zurück.

»Wir haben über deine Bestrafung entschieden, Liebes«, verkündete Thorbjorn.

»Ja?«

Rolf schmiegte sich an die Innenseite meines Schenkels, und ich bäumte zweimal die Hüften auf, bettelte stumm.

»Ja.« Rolf setzte sich auf und tätschelte seinen Schoß. »Komm her, Salbei. Über meine Knie.«

Ich warf mich praktisch darüber und achtete nicht auf das Kichern meiner Männer.

»Weißt du, warum wir dich bestrafen?«

»Weil ich nicht gehorcht habe.«

Still lag ich da, als er mit der Hand über meinen Hintern strich, mich auf das Versohlen vorbereitete. Ich fühlte mich auf seinem Schoß sicher. Der Wirbel meiner Gedanken fiel von mir ab, bis es nur noch seine Berührung gab.

»Falsch.« Seine Handfläche sauste herab. Süßer

Schmerz durchzuckte mich, holte meinen Geist in die Gegenwart und spitzte meine Ohren für seine Worte. Wartend lauschte ich seiner Atmung. Seine Finger rieben das Brennen weg, und ich seufzte. Seine Berührungen versprachen zugleich Himmel und Hölle.

»Falsch, Salbei. Wir züchtigen dich, weil du dich Hals über Kopf in Gefahr gestürzt hast, ohne Rücksicht auf dein Leben.«

»Aber ...« Er schlug mir hart auf die rechte Pobacke und ließ einen weiteren Schlag auf die linke folgen.

»Ich weiß, dass du dich für uns opfern wolltest. Aber du wirst uns nicht auf diese Weise dienen.« Seine Finger schoben sich zwischen meine Falten. Mir rutschte ein leises Winseln heraus. Ich war so feucht, so bereit, so sehnsüchtig.

»*So* wirst du uns dienen. Auf unserem Schoß, in unserem Bett oder auf den Knien. Wir sorgen dafür, dass du uns immer begehrst, dich nach uns verzehrst. Deine Schreie, deine Lust, sie nähren die Bestie.« Er entfesselte eine Abfolge von Klapsen auf meinen Hintern.

»Du wirst nicht noch einmal dein Leben aufs Spiel setzen«, presste Rolf heraus. Die verzweifelte Furcht in seiner Stimme löste mich auf. Seine Finger bohrten sich in meine Haut, und ich schrie auf. Mein Herz brach auf, und Gift sickerte heraus.

»Es tut mir leid«, entschuldigte ich mich erstickt. Er versohlte mich kräftig, und ich begrüßte jeden Schlag. Ich tauchte in den Schmerz ein, das warme, wohlige Brennen, und Frieden umfing mich, als ich mich ergab.

Beinah hätte ich Thorbjorn nicht gehört, bis er sich neben meinen Kopf kniete und mir ins Ohr flüsterte: »Du bist kostbar, unsere liebe, süße Gefährtin. Und wir werden dich züchtigen, bis du begreifst, wie perfekt, wie wertvoll du bist.«

Der Atem zischte aus mir heraus, ein Schauder durchlief meinen Körper. Die Schläge setzten sich fort, abwechselnd hart und zart, schnell und langsam. Der Krieger übersäte jedes Fleckchen meines Hinterns und meiner Oberschenkel. Ich klammerte mich an seinen Beinen fest, während meine Tränen wie reinigender Regen fielen. Als er fertig war, wiegte er mich in den Armen. Er legte die Hand zwischen meine Beine und streichelte mich, bis ich mit zuckendem Körper kurz vor dem Höhepunkt stand, bereit für weitere Berührungen.

»Jetzt.« Er senkte mich auf die Knie und holte seine Härte heraus. Ich bedurfte keiner Ermutigung. Mein Mund stülpte sich über ihn. Ich verschluckte mich beinah daran, bevor er mich wieder hochzog.

»Das ist nicht nötig, Liebes. Wir wissen, dass du uns begehrst.« Er legte die Hände auf meinen Hintern, hob mich hoch und setzte mich auf seine wartende Härte. Langsam sank ich nach unten und beobachtete, wie seine Männlichkeit Stück für herrliches Stück in mir verschwand.

»Ich auch.« Thorbjorn drückte mich an Rolfs Brust.

Ich stöhnte, als er in meine hintere Öffnung glitt und sich gegen meinen gezüchtigten Po presste. Beide drangen tief in mich ein, und ich wand mich, konnte mich weder bewegen noch atmen oder denken. Nur sein.

Nachdem sie mich zum Höhepunkt gerammt hatten, lag ich schlaff wie eine gepflückte Blume auf dem Bett.

Thorbjorn kam mit einem Tuch herbei, um mich zu säubern. Das kühle Wasser fühlte sich wunderbar an meiner überbeanspruchten Scham an.

»Das war keine so schlimme Bestrafung«, meinte ich.

»Ach, Liebes. Das war nur der Anfang. Wir werden dich jeden Morgen so wecken. Danach spülen wir dich. Wenn du dich in der Hütte aufhältst, wirst du den Stöpsel und nur das kurze Kleid für uns tragen.«

»Was, wenn mich meine Freundinnen besuchen?« Ich krümmte mich.

»Dann darfst du ein längeres Kleid tragen, aber wir röten dir den Hintern und stecken einen größeren Stöpsel hinein. Du wirst nicht sitzen können. Deine Freundinnen werden es merken und Bescheid wissen. Alle werden wissen, dass du uns gehörst.«

WIR VERBRACHTEN den Tag drinnen und trieben es miteinander. Eine Pause legten wir ein, als ein anderer Berserker mit frisch erlegtem Wild kam – ein Geschenk von Knut zu Ehren unserer Paarung.

»Er kommt nicht selbst?« Thorbjorn zog die Augenbrauen hoch.

Der Berserker hob die Hände. »Ich bin nur der Bote. Knut hat eine Gefährtin – vermutlich ist er mit ihr beschäftigt.«

»Er ist eher ein Feigling.« Rolf schloss die Tür hinter dem Besucher. »Er weiß, dass ich ihn dafür umbringen will, dass er Salbei nicht beschützt und allein unter die Wölfe geschickt hat.«

»Mir ist ja nichts passiert«, merkte ich an. »Er hat es getan, damit ihr vor dem Rudel Anspruch auf mich erhebt.«

»Ich würde dich nicht allein unter das Rudel wandern lassen, Anspruch hin, Anspruch her«, brummelte Rolf. »Und Salbei, wenn du draußen unterwegs bist, siehst du außer uns keine anderen Männer an. Das gehört sich nicht für unsere Gefährtin.«

Ich verschränkte die Arme vor der Brust. »Das ist unmöglich.«

Thorbjorn schaute von dem Spieß auf, den er für das Fleisch angefertigt hatte. »Dann bezahlst du den Preis dafür.«

Meine Nippel richteten sich auf.

»Sag ihr das nicht«, meinte Rolf schnaubend. »Sonst lächelt sie den Männern links und rechts zu, nur damit wir ihr den Hintern versohlen und .... au!«

Er rieb sich den Arm, gegen den ich ihm mit einem Stück Anmachholz geschlagen hatte.

»Da muss wohl jemand sofort bestraft werden«, sagte Thorbjorn. Er hob das Fleisch auf und brachte den Spieß zum Braten an, während Rolf mich um die Feuerstelle verfolgte. Der Fährtensucher fing mich mühelos. Nach einer Runde Kitzeln ließ er sich aufs Bett plumpsen.

»Kein Rammeln mehr, keine Bestrafung mehr. Ich bin müde.«

Mein Mund klappte auf. »Wirklich?«

»Schau nicht so überrascht. Wir sind für die Alphas weit gereist und haben uns beeilt, damit wir deine Freundin retten konnten.«

»Natürlich«, sagte ich.

»Wir haben uns um dich gekümmert«, meinte Thorbjorn, als er sich neben Rolf legte. »Jetzt kannst du dich um uns kümmern.«

Ich lächelte und bereitete den Eintopf zu Ende zu, bevor ich das Feuer schürte und mich für ein Nickerchen neben meinen Gefährten niederließ.

～

Ein Wimmern weckte mich. Schnell rollte ich mich herum, bevor Thorbjorn mich aufhalten konnte. Rolf lag auf dem Rücken. Sein Kopf zuckte, sein Gesicht glich einer Grimasse der Verzweiflung.

»Salbei?« Erschrocken erwachte Thorbjorn. Das Reisen musste auch ihn erschöpft haben, sonst hätte er mich abgefangen, bevor ich mich neben Rolf hockte, der sich stöhnend hin und her warf.

»Nein«, sagte ich und schüttelte ihn. »Sie kann dich nicht haben. Du gehörst mir.«

Jäh schlug er die Augen auf, vor Angst geweitet. Langsam konzentrierten sie sich auf mich. »Salbei?«

»Rolf.« Ich hielt sein Gesicht in den Händen. »Rolf, ich bin hier. Komm zurück zu mir, Liebster.«

»Salbei. Meine Gefährtin.« Er rieb die Stirn an meiner.

»Ich bin hier«, sagte ich zu ihm und küsste ihn. Langsam sprach er darauf an, zuerst zurückhaltend, dann verwegener, indem er mir die Zunge in den Mund schob und ihn dominant erkundete. Wir rollten uns so herum, dass er auf mir endete und in mich glitt, als gehörte er dorthin. Langsam nahm er mich mit gemächlichen Bewegungen, während ich ihn mit halb geschlossenen Lidern anlächelte. Ich hakte ein Bein um ihn und zog ihn näher, bis wir uns Gesicht an Gesicht befanden. Seine Hüften bewegten sich gleichmäßig, während er genüsslich in mir vor und zurück glitt, bis er schließlich vor Ekstase erschauderte. Bevor er etwas sagen konnte, schlang ich die Arme um ihn.

»Schlaf jetzt«, flüsterte ich ihm zu. »Ich bin hier. Und niemand nimmt dich mir weg.«

～

Später brachten mich die Männer nach draußen. Sie zeigten mir, wo ich von einem Bach, der einen Weg entlang-floss, Wasser holen konnte. Wir folgten ihm, bis sich der Pfad gabelte. Ein Arm verlief in Richtung des Lagerfeuers. Der andere folgte weiter dem Bach.

»Wohin führt der Weg?«, fragte ich.

»Finden wir es heraus.« Rolf legte mir einen Arm um die Schultern, und wir stiegen höher den Berg hinauf. Schmale Wege zweigten vom Hauptpfad ab, dem die Männer weiter folgten, bis wir zu einem Felsvorsprung gelangten.

»Hier, Salbei.« Rolf zog mich an seine Seite. Ich blieb ein gutes Stück vom Rand weg.

»Schau.«

Vor uns breitete sich eine Ebene aus. Jenseits einer gewissen Stelle trieben unregelmäßige Nebelschwaden über das Land.

»Der Totenkönig versucht noch immer, dich zu finden. Aber an diesem Ort herrscht Magie, die dich beschützt.« Ein Schauder durchlief mich.

»Das ist allerdings nicht wirklich, was wir dir zeigen wollten«, brummte Thorbjorn.

»Schau.« Rolf zeigte mit dem Finger. Ich brauchte eine Weile – zuerst sichtete ich nur Rauchschwaden, die über den grünen Baumkronen aufstiegen. Als ich den Kopf drehte, erkannte ich die braunen Linien zugeschnittener Bretter. Ein Gebäude. Und ein Stück weiter noch eines.

»Sind das alles Hütten?«

»Ja. Die da ist für Brokk und Leif – die Anspruch auf Weide erhoben haben. Und dort ist Knut – dessen Gefährtin deine Freundin Hasel ist. Ulf und Haakon haben ihre Hütte da drüben gebaut, und sie haben Anspruch auf Lorbeer erhoben.« Er zählte weiter Krieger auf, während ich blinzelnd die zahlreichen Gebäude betrachtete, alle aus

Holz und für sich stehend, aber alle entlang desselben Baches.

»Sie alle sind ein Zuhause, Salbei«, erklärte Thorbjorn. »Für Berserker und ihre Gefährtinnen.«

»Ihre Gefährtinnen«, wiederholte Rolf. »Deine Freundinnen.«

»Meine Freundinnen.« Plötzlich brannten meine Augen.

»Deine Familie«, murmelte Thorbjorn. »Ich hab's dir ja gesagt. Wir geben dir alles. In unserer Obhut wird es dir an nichts fehlen.«

Meine Sicht verschwamm. Ich umarmte Thorbjorn, drückte das Gesicht an seine Brust. Ich schluckte erst einmal, dann noch einmal und atmete tief durch, bis es mir gelang, aufzuschauen und seinem Blick zu begegnen. »Auch nicht an deiner Familie«, sagte er.

Er küsste mich auf die Stirn. Ich lachte verhalten und wischte mir die Tränen von den Wangen. Als ich mich wegdrehen wollte, fing Thorbjorn meine Hand ab. Rolf ergriff die andere, und zusammen führten mich meine Gefährten den Weg entlang zu meinen Freundinnen.

KOSTENLOSES BUCH

Hol dir ein kostenloses Exemplar von Gezeugt von den Berserkern und Eine Berserker-Geburt, indem du dich für meinen Newsletter anmeldest.

*Der dritte Teil von Daegans, Brennas und Samuels Geschichte. Lies den ersten Teil in **Verkauft an die Berserker** und den zweiten in **Gepaart mit den Berserkern**. Diese Novelle ist kostenlos, ein Geschenk.*

https://BookHip.com/PKRMGC

DIE BERSERKER-SAGA

Verkauft an die Berserker
Gepaart mit den Berserkern
Entführt von den Berserkern
Übergeben an die Berserker
Gefordert von den Berserkern

DIE FRAUEN DER BERSERKER

EBENFALLS VON LEE SAVINO

Unschuld mit Stasia Black (Eine dunkle Liebesgeschichte)

Das Erwachen (Unschuld 2)

Königin der Unterwelt: Eine Dunkle Liebesgeschichte (Unschuld 3)

Die Gefangene des Biestes: Eine dunkle Romanze (Die Liebe des Biestes 1)

Die Rache des Biestes: Eine dunkle Romanze (Die Liebe des Biestes 2)

Der Soldat, der mich verführt

Draekons (Drachen im Exil) mit Lili Zander (Eine Sci-Fi Dreierbeziehung Romanze)

Draekon Gefährtin
Draekon Feuer
Draekon Herz
Draekon Entführung
Draekon Schicksal

Tochter der Dragons
Draekon Fieber
Draekon Rebellin
Draekon Festtag

DIE AUTORIN

Lee Savino ist *USA Today*-Bestsellerautorin. Außerdem ist sie Mutter und schokosüchtig. Sie hat eine ganze Reihe von Büchern geschrieben, die alle unter die Rubrik »smexy« Liebesgeschichten fallen. *Smexy* steht dabei für »smart und sexy«.

Sie hofft, dass euch dieses Buch gefallen hat.

Besucht sie unter:
www.leesavino.com

 Erstellt mit Vellum